1cm 더 행복해지세요 ♥
김홍주

Yang
Hyun
Jung

너와 나의
1cm

김은주 허깅에세이

그림·양현정

위즈덤하우스

너를 껴안으며 인생을 껴안는 방법에 관하여

멀면 무수한 별이 되고, 가까우면 유일한 달이 된다.
너와 나 사이 1cm,
가장 가깝기에 가장 의미 있는 너와 나의 인생 이야기가 시작된다.

'사랑'은 우리가 살아 있는 지금 전성기를 맞이했다. 강력한 사랑의
힘은, 국경, 인종, 나이, 심지어 성별까지 넘어서게 만든다. 길을 걷다
우연히 사랑에 대한 음악을 듣는 것은, 가로수로 은행나무를 마주치
는 것만큼 쉬운 일이며, 미국 팝 아트의 거장 로버트 인디애나(Robert
Indiana)의 '러브(LOVE)' 시리즈 조형물은 그 작품이 설치된 뉴욕, 도
쿄, 홍콩의 거리를 사진 찍기 좋은 명소로 만들어주었다. '사랑하니까'
는 수십 장의 논문보다 설득력 있는, 토를 달 수 없는 이유가 되었다.
아침 드라마의 남녀 주인공은 끝나는 사랑 때문에 눈물 흘리고, 저녁
드라마의 남녀 주인공은 시작되는 사랑 때문에 설렌다. 그것을 보는
시청자도 마찬가지이다. 이처럼 사랑이 환영받는 것은, 그것이 인류 공
통의 가장 흥미로운 소재라는 의미인 한편, 어쩌면 세상이 조금 더 살
기 힘들어졌다는 뜻일지도 모른다. 사랑의 힘으로 견뎌야 할 일들이
많아졌다는…….

견뎌야 할 일 많은 혹독하고도 녹록하지 않은 세상에서, 사랑은 나를 살아가게 한다. 진심이 담긴 그 사람의 시선은, 당연하고도 분명하고도 이상할 것 없이, 따뜻한 감정의 은신처를 제공한다. 때로는 세상의 냉정한 대우 때문에, 때로는 타인의 배려 없는 말과 행동으로 인해, 보잘것없이 느껴지던 나 자신을 다시 특별하게 바라볼 수 있는 새로운 힘을 준다. 나의 능력, 내가 가진 것, 나의 운, 나와 관련되어 있지만 변수가 있고, 내가 제어할 수 없는 것들로부터 온전히 자유로워져, 어릴 적 그랬던 것처럼 대가 없이 존재 자체로 환영받고, 따뜻한 말을 듣고, 깊은 품에 안길 수 있게 된다. 어릴 적 오이를 싫어했던 것처럼 싫어하는 것에 대해 솔직하게 어리광 부릴 수 있다는 작은 사실은 어른이 된 우리에게 얼마나 큰 위안이 되는지! 나 또한 그런 순수하고 기꺼운 마음으로 누군가를 품을 수 있다는 사실은 망망대해 우주 속, 나라는 존재를 밝히는 중요한 단서가 된다.

나쁜 하루의 끝에 서 있어, 그날을 해피엔딩으로 만들어주는 사람
내가 손수 만든 쿠키를 맛보기 전부터 '맛있겠다!'라고 확신해주는 사람
서슴없이 전화를 걸어 홍대로 가는 버스가 몇 번인지 물어볼 수 있는 사람

책상 위에 있을 때는 차가워 보이지만
손목에 차고 다닐 때는 적당히 따뜻해진 시계와 같은 사람
무심코 뱉은 말로 화나게도 하지만 그 화가 풀릴 때까지 가장 마음 쓰는 사람
그를 이해하면서 나를 더 이해할 수 있는 기회를 주는 사람
즐겁게 하기 위해 노력하는 만큼, 슬프지 않게 하기 위해 노력하는 사람
순간의 사랑을 좇는 것이 아닌 지속된 관계를 만드는 사람

그렇게 성실히 나를 위해 사랑의 일을 하는 사람
세상을 더 새롭고 따뜻한 시선으로 바라보게 하는 사람

한 번뿐인 인생에서 누구에게나 한 번쯤 그런 사랑, 사소해 보이지만
특별하고, 새롭게 시작되지만 익숙해지는 사랑이 온다. 4000여 년 전
메소포타미아의 점토판에 처음 기록된 사랑의 역사를 기억하지 않아
도 나 자신에게 온전히 새겨져 더 의미 있고 빛나는 사랑 말이다.

이 책 안에는 늘 곁에 있는 사랑의 살아 있는 기운과 함께, 늘 곁에 있는 유적지처럼 생각했기에 진지하게 바라보거나 미처 새롭게 발견하고자 노력을 기울이지 않았던, 사랑의 민낯을 한층 깊게 들여다보기 위한 시도가 담겨 있다. 사랑의 낭만성과 진정성은 물론, 다른 예술가들이 우연히 혹은 의도적으로 다루지 않았던 사랑의 속성에 대한 다양한 관점들도 포함되어 있다. 더불어 사랑과 자연스럽게 이어질 수밖에 없는 우리의 인생 이야기를 만날 수 있다.

익숙하다 생각했던 누군가의 새로운 모습을 발견할 때 느낄 수 있는 의외성과 놀라움, 그로 인해 더욱 그 사람에게 빠져드는 듯한 감정을 이 책을 읽으며 느낄 수 있을 것이다. 마치 사랑에 빠지듯이 말이다.

동시에 사랑의 민낯은 생각보다 아름답지 않아도 사랑의 입술은 여전히 달콤하다는 사실을 깨닫게 될지도 모른다.

우리의 사랑이, 그로 인해 인생이 조금 더 빛나길 바라면서,

김은주 쓰다.

Contents

story 1

어 느 날 문 득 _
사랑의 시작에 논리는 없지만 진심은 있다

story 2

그러다 자꾸_
너와 함께면 세상이 주는 상처도 견딜 만해진다

story 5

그리고 해피 A N D _

우리의 사랑은, 또한 삶은 익숙하고도 새롭게 시작된다

story 1

어느 날 문득_
사랑의 시작에 논리는 없지만 진심은 있다

사랑의 발견, 사랑을 발견 1

사랑하는 사람이 보여주는 하늘은
왠지 더 파랗다.

"숲길만 걸어요, 우리"

행복이 가장 싫어하는 세 가지 단어

지금 말고 그때.
이곳 말고 거기.
당신 말고 그 사람.

어두운 날도

밝은 날이었다

정말 어두운 날도

그만의 괜찮은 부분이

있는 날이다

멀. 별. 가. 달.

멀면 무수한 별이 되고,
가까우면 유일한 달이 된다.

수많은 별들과, 단 하나의 달처럼
지금 내 가장 가까운 곳의 너는,
나에게 오직 하나의 의미가 된다.

Doors of Love

사랑 초기의 밀당

짝사랑받는 중

여러 명에게
짝사랑받는 중

오랫동안 솔로

자발적 솔로

양다리

마음을 여는 중
혹은 닫는 중

소개팅 환영

다른 사람 접근 금지
L.J.Y만을 사랑 중

1.
마음의 문은 자신이 열기도 하지만
상대방이 열어주기도 한다.

서로의 마음을 확인했지만 아직 마음을 여는 것에 서툴다면,
때로는 그 사람에게 기대도 좋다.
단, 잠금쇠를 열어두는 노력은 해야 한다.

2.
똑, 똑, 똑 노크를 했다면
안에서 대답을 할 때까지 기다려주는 시간이 필요하다.

3.
혼자가 편할 때도 있지만,
문득 찾아온 상대가 마음의 방,
고장 난 전구를 갈아줄 수도 있는 일이다.

4.

미닫이문을 여닫이문처럼 열어서는 열리지 않는다.
그 사람에 대한 충분한 이해와 관심 없이는 그의 마음을 열 수 없다.

지금 이 사랑이 그 사람에 대한 관심인지,
단지 내 마음에 대한 관심인지 살펴보는 것 또한 필요하다.

5.

그 사람의 방에 오래 머문다 해도 내 마음의 방을 치우고,
화분에 물을 주고, 이불을 개고,
때로 기분전환이 되는 소품으로 꾸미는 일들을 게을리해서는 안 된다.
상대를 사랑하는 것이, 자신을 잊는 일이 되어서는 안 된다.

그를 사랑함으로써
나 자신을 사랑하는 방법을 알아가는 것이
진정 '사랑'이 원하는 일이다.

사랑의 속도, 인생의 속도 1

도시의 스포츠카는 너무 빠르고,
퇴근 시간 전 회의의 진행 속도는 너무 느리다.

그러나 이 계절 바람의 속도,
나뭇잎이 떨어지는 속도,
나무 아래 벤치에서 듣는 음악의 속도는 적당하다.

그중에서도
지금 그 음악을 함께 듣는
조금 빨라진 당신의 심장 속도는
가장 알맞고 또한 설렌다.

그로 인해
지금 내 인생의 속도 또한 이 정도면 괜찮지 않나,
지금 내 인생 또한 이 정도면 괜찮지 않나,
위로받고 안도할 수 있게 된다.

당신이 실수를 저지른다면

당신이 실수를 저지른다면
상사는 질책할 것이고,
경쟁자는 안도할 것이며,
당신을 따르는 후배는 실망할 것이다.

그러나 당신을 사랑하는 한 사람은
변함없이 당신을 믿어주고 사랑할 것이다.

그 한 사람의 믿음이
다음의 실수를 저지를 용기,
다른 말로 성공에 더 가까워질 기회,
무엇보다 성공과 실패에 관계없이 자기 자신에 대한 믿음을
가질 수 있도록 도와준다.

변함없이
너의 그늘이
되어줄게

접어보세요

고백

선부른 고백도 상대방이 받아준다면
준비된 고백이 되고

준비된 고백도 상대방이 거절한다면
선부른 고백이 된다.

열쇠는 상대방이 쥐고 있다.
그러나 그 열쇠를 쥐여주는 것은 바로 고백하는 사람.

분명한 것은
사랑이라는 자물쇠를 열 수 있을지 없을지를 떠나,
선부른 고백도 준비된 고백도
똑같이 용기 있는 고백이라는 것이다.

그리고 가장 후회스러운 고백은
단칼에 거절당한 고백도
돌려서 거절당한 고백도 아닌,
밖으로 꺼내보지 못한 고백이라는 것이다.

적당한 거리

시작하는 연인 사이에 필요한 거리는,
아름다운 이목구비는 보이되 얼굴의 뾰루지는 보이지 않을 거리.

이웃과 이웃 사이에 필요한 거리는
건네는 다정한 인사는 들리되 늦은 밤 노랫소리는 들리지 않을 거리.

상사와 부하직원 사이에 필요한 거리는
놓인 책상만큼 가깝되 주말을 방해하지 않을 거리.

친한 친구 사이에 필요한 거리는
함께 기뻐하고 슬퍼하되 고독 또한 허락할 수 있는 거리.

가지를 자유롭게 뻗기 위해서는
나무와 나무 사이에도 거리가 필요하듯
사람과 사람 사이에도 적당한 거리가 필요하다.

사랑하는 사람 사이에도 때로 거리가 필요하며
그로 인해 더 안정적인 사랑을 만들어갈 수 있다.

나를 사랑하는 '사람'

사랑을 하면서 우리는,
그가 나를 '사랑'하는 사람이 아닌
나를 사랑하는 '사람'이라는 사실을 기억해야 한다.

완전무결하고
숭고하고
모든 것을 포용하고 희생하는
환상적 이미지로서의 사랑이 아닌,
불완전하고
실수가 잦고
감정의 희로애락이 있는
그래서 살아 있는 사람의 사랑이라는 사실을.

그것을 기억한다면,
현실의 순간순간 마주하게 되는 사랑의 실체에 대해

3시 약속에 30분쯤 늦게 나타난 사건에 대해
바쁜 회사일로 깜빡한 기념일에 대해
다시는 안 그러기로 한 약속을 다시금 어긴 일에 대해
핸드폰을 들여다보면서 진지한 고민을 듣는 태도에 대해
무조건 실망하고 노여워하며 사랑 자체를 부정하기보다,
상대를 이해하고 자신을 이해시킬 방법을 찾고
동시에 여전히 세차게 뛰고 있는
사랑의 심장을 발견할 여유를 갖게 된다.

나를 사랑하는 사람은, '사람'이다.

그것을 인정하고 그 사람에게 깊숙이 다가갈수록
사랑의 민낯은 멀리서 보던 모습처럼 매끄럽지 않은 피부일 수도 있지만
사랑의 입술은 여전히 달콤하다는 사실을 깨닫게 될 것이다.

．

사랑의 민낯은
멀리서 보던 모습처럼
매끄럽지 않은 피부일 수도 있지만

사랑의 입술은
여전히 달콤하다는 사실을 깨닫게 될 것이다.

．

내 편의 무게

감당할 수 없는 인생의 무게도
너와 함께라면
가벼워질 수 있다.

사랑의 속도, 인생의 속도 2

우리 안에는 메트로놈이 있다.
사랑하는 누군가를 만나면 이 메트로놈이 작동하기 시작한다.

빠르게 걷던 사람도, 느리게 밥을 먹던 사람도
상대의 속도에 자신을 맞추게 된다.

같은 속도로 걸음을 걷고,
같은 속도로 밥을 먹고 차를 마시고,
같은 속도로 서로를 쓰다듬고 사랑을 나눈다.

같은 속도로 다음에 함께할
봄을 기다리고,
생각보다 혹독하거나 포근한
몇 계절을 보내며,
그렇게 같은 속도로
인생을 걸어간다.

사랑은 서로의 속도 안에
머무르는 것이다.

아마도,

심장이라는
또 다른 메트로놈이 멈출 때까지.

사랑을 하면
얼굴을 닮는 것처럼,
속도 또한 닮게 된다.

구름

오늘따라
멋지다고 했다

왜 문자에
답이 없는 거야?

구름 아래에도
구름 위에도 있게 하는 것이
사랑이다.

이상형이 어떻게 되나요?

"이상형이 어떻게 되나요?"
라는 질문에 대한

"듬직한 남자가 좋아요"라는 대답은
야위었지만 더욱 따뜻한 그의 품에 안김으로써,

"도도한 여자가 좋아요"라는 대답은
상냥하고 귀여운 그녀의 미소를 마주함으로써,

"스타일리시한 남자가 좋아요"라는 대답은
섬세한 스타일링 감각은 없어도
섬세한 배려가 있는 그와 함께함으로써,

"조용하고 여성스러운 사람이 좋아요"라는 대답은
큰 웃음소리로 좋은 에너지를 주는 활발한 그녀를 알게 됨으로써,

대답했는지 기억조차 나지 않는
대답이 되어버렸다.

이상과 현실에는 언제나 거리가 존재하고
사랑은 그 거리를 가볍게 뛰어넘는다.

연결

사랑에 빠지면,
우리와 아무런 상관 없어 보이는 멀리 떨어져 있는 구름,
몇 광년 떨어진 별 혹은 이름 모를 들풀에게서도
의미를 찾을 수 있게 된다.

사랑은 너와 나를 연결시켜주지만,
우리와 미지의 세계를 연결시켜주기도 한다.

저건 백곰양
구름이다!

곰군 구름이다!

동시에 나를 만나다

나 자신이,
추위에 강한 남자임을 알게 되었다.

망친
핫도그들

곰균모양
핫도그

드디어
완성!

인내심이 강한
여자임을 알게 되었다.

든직한,
동시에 세심한 남자임을 알게 되었다.

와~ 고마워

운동에 소질 있는 여자임을 알게 되었다.

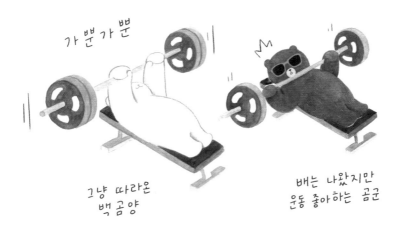

가뿐가뿐

그냥 따라온
백곰양

배는 나왔지만
운동 좋아하는 곰군

누군가를 위해
기꺼이 변화하는 과정에서
더 매력적인 나를 만날 수 있다는 것 또한
사랑의 장점이다.

네 잎 클로버가 되어보는 기분

나는 보기 힘든,

타인은 지나치기 쉬운,

어떤 각도의 내 얼굴과 모습을,

무심코 취하는 사소한 포즈를,

알아차리고 좋아해주는 사람이 있다는 것은,

네 잎 클로버,

닳아서 하트 모양이 된 돌,

지구에서 57광년 떨어진 핑크색 행성*이 되어보는

경험을 하는 기분과 같다.

찾고자 하는 소수에게만 발견될 수 있는,

그래서 더 특별해지는 기분 말이다.

＊핑크색 행성 GJ504b

지구에서 57광년 떨어져 있는 핑크색 외계 행성으로 질량이 목성의 네 배이다. 행성의 온도는 대략 섭씨 237도이며 약 1억 6000만 년 전에 생성된 것으로 추정된다.

애정이 과할 때 생길 수 있는 몇 가지 현상

〈 커플 셀카를 찍을 때 〉

백곰양 얼굴이 더 작게
나와야지

〈 엘리베이터 안에서 〉

복닥복닥

쾌적~

〈 식당에서 〉

너무 멀지?

반찬이 왜 다...

〈 직장 야유회에서 〉

백곰양
힘드니까!

삐 익—

곰 대리!
업고 달리기가
아닙니다!

애정이 과할 때 생길 수 있는 현상들은 결과적으로
애정의 깊어짐이다.

과한 화장은 있지만 과한 사랑은 없다.

첫눈에 사랑에 빠진다, 에 생략된 말

'첫눈에 사랑에 빠진다'라는 말 앞에 생략된 말은 '그 사람의 겉모습을 보고'일 것이다. 가장 순수하고 낭만적으로 보이는 한 문장은 어쩌면 가장 동물적이고 원초적인 의미를 담고 있는지 모른다. 그처럼 누군가의 내면을 진정으로 바라보고 발견할 수 있는 기회는 아이러니하게도 그 사람의 외면으로 인해 결정되기도 한다. 그의 외면이 (주관적으로) 매력적이지 않다면 그 사람의 내면을 탐구해보고 싶은 의지조차 생겨나기 힘들다. 알고 보면 우주에서 가장 잘 맞을 남자와 여자일지라도 말이다.

그러나 다행인 것은 '미녀와 야수' 이야기처럼 같이 시간을 보내야 하는 강제적인 상황에 처해지지 않더라도, 삶 곳곳에서 지속적인 만남을 통해 누군가의 내면을 들여다볼 기회를 만날 수 있다는 것이다. 학교에서, 직장에서, 대형견이나 다육식물 키우기가 공통 관심사인 모임에서, 아무런 관심도 없던 누군가에게 문득 '이 사람에게 이런 면이?'라는, 사랑의 전조를 느낄 순간이 다가오기도 한다. 각자의 첫인상에 대해 인터뷰를 해본다면 '처음에는 있는 줄도 몰랐고 관심조차 없었죠' 혹은 '그중 가장 별로인 사람이었어요'라고 말문을 열 연인들이 꽤 많을지도 모른다.

한편 한 사람의 외면이 사랑의 단서로 던져지더라도, 결국 내면이 서로 충족되는 관계가 아니라면 그 사랑은 오래 지속되기 힘들다. 기쁨과 슬픔에 대한 공감, 상처에 대한 이해, 내가 누군가에게는 중요한 사람이라는, 사랑하는 사람만이 선사할 수 있는 따뜻한 자존감이 충족되지 않는다면 첫 순간의 사랑은 그저 감정의 해프닝으로 끝날 일이 된다. 첫눈에 사랑에 빠진 왕자와 공주의 이야기가 늘 'Happily ever after'라고 끝맺는 것은 단지 동화의 마무리를 위한 적절한 문장이 필요해서일지도 모른다.

사랑의 시작에는 많은 경우 외면의 매력이 관여한다. 그러나 그것이 전부는 아니다. 더불어 사랑의 지속에는 서로의 내면이 분명 중요한 요소로 작용한다. 따라서 야수와 사랑에 빠지는 것은 디즈니 영화 속 이야기만은 아닐 수 있으며, 거울 속 마음에 들지 않는 나의 어떤 모습을 괘념치 않아 하는 누군가를 만나는 것, 나 역시 누군가의 외적인 모습을 상관치 않게 되는 것 또한 전혀 이상하거나 놀랍거나 의심스러운 일은 아니다. 그것이 아마도 동화나 영화에서는 사랑의 마법이라고 표현된, 사랑의 현실일 것이다.

사랑은 눈, 코, 입에서 시작되어도, 결국 심장으로 옮겨 가는 것이므로.

사랑은 눈, 코, 입에서 시작되어도,
결국 심장으로 옮겨 가는 것이므로.

텔레파시의 정체

'어? 내가 지금 먹고 싶은 걸 어떻게 알았지?'
'어? 내가 듣고 싶은 음악을 어떻게 알았지?'
'어? 내가 읽고 싶은 책을 어떻게 알았지?'
'텔레파시가 통했나 봐.'

연인에게 텔레파시란

결국 그 사람에 대한 관심이다.

행복은 놓친 기차 안에만 있지 않다

기차를 놓친 사람이 있었다.
그에게 행복을 물었더니
떠난 기차 안에 있다고 했다.

저녁을 거른 사람이 있었다.
그에게 행복을 물었더니
먹지 못한 따뜻한 저녁식사에 있다고 했다.

둘 다 행복을 가지지 못했다.

그러나
기차를 놓친 사람은 따뜻한 밥과 국을 먹었고,
저녁을 거른 사람은 기차를 놓치지 않았다.
둘은 이미 서로가 생각하는 행복을 갖고 있었다.

우리가
놓친 것 안에서만 행복을 발견한다면
행복은 영원히 손에 잡히지 않을 것이고,
가진 것 안에서 행복을 발견할 수 있다면

happiness

이 페이지에 당신의 손을 대고
따라 그려보세요

행복은 언제나 우리 것이 된다.
행복은 손 밖이 아닌,
이미 우리 손안에 있다.

단 하나의,
단 하나로

산에서 왔다
털이 갈색이다
곰국을 좋아한다(하필 곰……)
정리벽이 있다
앤티크를 수집한다
너를 사랑한다

≠ 바다에서 왔다
≠ 털이 희다
≠ 정어리를 좋아한다
≠ 정리에 소질이 없다
≠ 신상을 좋아한다
= 너를 사랑한다

어떤 차이점도 무색하게 만드는
단 하나의 공통점은
서로를 바라보는 같은 눈빛이다.

행동 A와 행동 B 사이의 매력

사랑에 관한 케이스 스터디의 자료는 차고도 넘친다.
남녀관계가 빠지지 않는 월화, 수목, 금토, 주말 그리고 일일 드라마.
겨울이 되면 어김없이 상영하는, 명대사로 넘치는 로맨틱 코미디 영화,
둘만 안다고 생각하지만 모두가 다 아는
직장동료 A와 B의 사내연애 스토리,
과거로 한참을 거슬러 올라가 학창시절, 비 오는 날
흥미진진하게 들었던 담임선생님의 첫사랑 이야기까지…….

그 외에도 수없이 다양한 케이스 스터디를 섭렵해
사랑에 학위가 있다면 박사라도 된 것 같지만,
막상 내게 사랑의 기회가 찾아오기라도 하면
처음 현장에 나가는 형사나
처음 오케스트라 무대에 서보는 초보 단원처럼
실수를 연발하는 자신을 발견하게 된다.

범인의 지문을 자신의 지문으로 덮어버리거나,
바이올린 파트에 심벌즈를 치는 실수처럼
치명적이지 않을지는 몰라도,

첫 데이트에서 재미없는 농담을 더 재미없게 해버리기,
물 마시다가 심한 사레에 걸려 3분간 기침을 멈추지 않기,
중간 점검을 위해 간 화장실 거울에서
이 사이에 낀 녹색 채소를 발견하기와 같이
다시 떠올리고 싶지 않은 실수를 저지르기도 한다.

평소에 친구들로부터 위트 있다고 평가받던 센스와
스스로 완벽주의자라 확신했던 자부심은 유명무실해지고,
첫 데이트 현장이 실망스러운 자아에 대한 새로운 증거를 발견하는
현장이 되곤 한다. (또한 그날 밤 겸손한 자아 성찰 혹은 이불 킥을
동반한 자아 원망으로 이어지곤 한다.)

하지만 사랑은 사회생활과는 달라서
능숙한 사람이 늘 유리한 고지를 점하지는 않는다.
키 맨(key man)을 사로잡기 위해서는
유창한 프레젠테이션 실력이 필요하지만

그 혹은 그녀의 마음을 얻는 데는 어색한 분위기를 녹이는
말실수가 한몫할 수 있고,
몸에 익은 인상적인 매너는 없지만
진심 어린 눈빛이 더 강렬하게 전해질 수도 있으며,
의식했던 행동 A(머리 쓸어 올리기)와 행동 B(컵에 빨대 꽂아주기) 사이의
의도치 않았던 '무심코 창밖을 바라보는 모습'에
상대가 어떤 매력을 느끼게 될 수도 있다.

그러므로 사랑을 시작하는 데 있어 너무 완벽해지려 하거나,
준비나 리허설을 철저히 하려 하거나,
작은 실수에도 자신을 자책하거나,
긴장할 필요 없다.

사랑의 시작에는 언제나
계산치 못했던 어떤 변수가 작용하기 때문이다.
그리고 그 변수는
의도했거나 인위적인 다른 어떤 것이 아닌,
그저 자연스러운 본래의 당신 모습일 수도 있기 때문이다.

앗. 네잎 클로버!
뭔가 좋은 일이
생길 것 같아…

저 백옥같이 하얀 곰은
어느 산에서 왔을까?

산이 아니라
바다래

곰군이 백곰양을 처음 알고 싶어졌을 때

변화

가장 낭만적인 물리적 변화는

설탕이 솜사탕이 되는 것.

가장 낭만적인 화학적 변화는
그 솜사탕을 너와 내가 함께 먹게 된 것.

키스와 다음 키스 사이

키스와 다음 키스 사이의 거리가 길어지면 애틋함이 자라고,
궁금증과 답 사이의 거리가 길어지면 호기심이 커지고,
꿈과 성취 사이의 거리가 길어지면 마음이 단단해진다.

때론 즉각적인 사랑, 즉각적인 답, 즉각적인 성공보다
기다림 뒤의 그것이
사랑을 깊어지게, 세상을 탐구하게, 우리를 성장하게 한다.

3분을 기다리면 되는 즉석밥보다
오랜 시간 뜸 들여야 하는 가마솥 밥이 더 몸에 좋고 맛있는 것처럼.

답.정.사. (답은 정해져 있어. 사랑이야)

나처럼,
이미 다 쓴 노트에 대한 애착이 있다면,
강아지의 축축한 코 만지기를 좋아한다면,
처음부터가 아닌 책의 중간중간을 펼쳐 읽기를 즐긴다면,
뜨거운 그릇에 담긴 어니언 스프가 종종 마시고 싶어진다면,

나와는 달리,
머리를 식히려 수학책을 꺼내 든다면,
스트라이프 셔츠를 색깔별로 갖고 있다면,
여행지의 호텔에서 조식보다 늦잠 자기를 선택한다면,
향수를 전혀 사용하지 않는다면,

같은 취향은 반갑고
다른 취향은 끌린다.

결론은 이미 정해져 있다,
사랑이라는.

사랑에 빠지는 순간,
어떠한 사소한 이유조차도,
그 사랑에 대한 아주 근사하고 충분한 근거가 된다.

당신이 필요한 이유

알싸한 마늘의 맛,
뜨거운 국물의 맛,
심심한 평양냉면의 맛은,
어른의 맛이고,

달콤한 아이스크림의 맛,
쫄깃한 곰돌이 젤리의 맛,
톡톡 터지는 캔디의 맛은,
아이의 맛이다.

그러나 우리가
뜨거운 국물요리를 먹고 후식으로 여전히 아이스크림을 찾는 것처럼,
시사 프로그램을 보면서 심심한 입을 젤리 곰으로 달래는 것처럼,
어른이 되었다고 내 안의 아이가 사라지는 것은 아니다.

어른은 다만
아이스크림이 바닥에 떨어져도
울거나 떼쓰지 않는 어린이일지도 모른다.

그러므로 어른인 우리에겐
울거나 떼쓰지 않아도
그 마음을 알아주고,
달래주고 위로해줄 누군가가,
여전히 필요하다.

여행지에서 집으로 돌아옴에 관하여

처음 가보는 여행지의 낯선 풍경은 설렘을 준다. 공기 중 다른 밀도의 수분이 만들어내는 색다른 하늘 색깔, 처음 보는 종(種)의 나무가 만들어내는 이국적인 그림자, 다른 언어로 적힌 도로 안내 표지판은 늘 그 모습대로 무심코 그 자리에 있을 뿐인데 열렬한 환영 인사를 건네고 있는 듯하다. 집 앞에서 먹었다면 조금 야박하게 내렸을 음식에 대한 맛 평가는 여행지의 메리트가 작용한 까닭에 더 후해진다. 이어서 회사 옆자리 김대리에게보다 더 먼 땅의 낯선 타인에게 더 자주 미소 지으며 '땡큐'를 연발하는 자신을 발견하게 된다.

여행지에서는 예측 불가능한 상황이나 기후들도 새로운 재미로 받아들여진다. 전혀 다른 지하철의 환승 시스템, 지도를 따라갔지만 나오지 않는 목적지, 시시때때로 흩뿌려지는 스콜. 여행자는 여행지에서 예측하지 못했던 일련의 상황들을 예측하지 못했던 즐거움으로 치환하는 너그러움을 지니게 된다. 그러나 여행의 후반에 이르러, 체력이 떨어지고, 새로운 것들에 점점 무감각해지면, 애초 도로 표지판에까지 가졌던 설렘은 사라지고, 예측 불가능한 일들은 더 이상 흥미로운 일이 아닌 인내심을 요하는 일이 된다. 이 도시의 낯선 교통 시스템은 왜 이렇게 번거롭고 비효율적인가 불만을 갖게 된다. 동시에 익숙한 것들에 대한 갈망은 미각에서부터 시작되어, 온몸으로 전해진다. '얼큰한 라면이나 묵은지 김치찌개, 케첩이 적당히 뿌려진 계란말이, 흰쌀밥이 먹고 싶다'에서 시작해, '이제 그만, 호텔보다 소박하고 좁지만 편안한 내 집 소파에 누워 채널 버튼이 어디 있는지 눈감고도 누를 수 있는 익숙한 TV 리모컨을 손에 쥐고 싶다'는 생각이 간절해지는 것이다. 여행을 온 이유는 결국 떠나온 곳으로 돌아가기 위해서라는 사실을 새삼 깨닫게 된다.

...

여행지의 새로운 것들에 대한 설렘이 시간이 지날수록 자연스럽게, 익숙해서 편안한 것들에 대한 갈망과 그리움으로 바뀌듯, 사랑에 빠지고 그 사람과의 관계를 유지하는 과정도 마찬가지이다. 여행지에서 가졌던 설렘과 기쁨, 내 집으로 돌아왔을 때 밀려오는 익숙함과 편안함을 한 사람과의 사랑의 과정에서 차례로 느끼게 된다. 이국적인 나무를 발견하고 기뻐하듯, 그 사람의 목 뒤에 있는 점을 발견하고 기뻐하다가, 우리 집 리모컨처럼 익숙한 손의 느낌에 어느 순간 안도하게 된다. 그는 원래 그였으나 나에게는 새로운 면인, 그의 외모, 성격, 배경들을 알아가는 기쁨은 어느 순간 내가 아주 잘 아는 이 사람에 대한 안도로 바뀌는 것이다.

그러므로 여행지에서 결국 익숙한 집으로 돌아오듯, 관계를 지속하고 그 관계에서 안정감을 느끼는 데 가장 필요한 요소는 내가 그에 대해 잘 알고 있다는 느낌, 바로 예측 가능성이다. 또한 여행지에서 집으로 오기 위해서는 일곱 시간의 비행이 필요하듯, 여행지와 같은 사람이 나에게 집 같은 사람이 되기 위해서는 함께 보낸 몇 달이나 몇 계절의 적절한 시간이 필요하다. 그 결과 이 사람이 보고 싶은 영화뿐 아니라 '영화의 어느 지점에서 눈물을 흘리겠구나, 박장대소를 하겠구나'까지 섬세하게 예측할 수 있게 되고, 그 타이밍에 맞추어 따뜻하게 손을 잡아주거나 함께 더 크게 웃을 수 있게 된다. 어떤 말에 아기 같은 미소를 짓고, 어떤 말에 얼굴이 붉어질지, 돌아오는 화요일 저녁에는 어떤 음식을 먹고 싶어 할지, 세 번째 기념일에 어떤 선물을 가장 마음에 들어 할지, 선물보다 포옹이 필요할 때는 언제인지 머리가 아닌 가슴으로 알게 된다. 내가 기분이 좋지 않은 날 어떻게든 기분을 달래기 위해 노력하리라는 것도, 안기고 싶을 때 언제든 나를 안아주리라는 것 또한 말이다.

• • •

반대로 시간이 지나도 여전히 나에게 그가, 예측할 수 없는 부분이 많은 사람으로 남아 있다면, 여행지에서 돌아온 후의 집 같은 익숙함과 편안함을 좀처럼 느낄 수 없는 사람이라면, 이 사람과의 관계는 위태로워질 수밖에 없다. 갑작스럽게 연락이 안 되어 답답하거나, 언제 날카롭게 화를 낼지 몰라 초조하거나, 표정을 쉽게 읽을 수 없거나, 왠지 마음이 변할 것 같은 불안함이 마음 한 귀퉁이에 자리 잡고 있다면, 아무리 사랑이 힘겹게 그 관계를 끌고 가더라도 어느 지점에서 둘의 관계는 멈출 수밖에 없게 된다. 사랑하는 사람을 계속 불안하게 만드는 것은 사랑이 아니라 감정적 행패이다. 사랑의 일은 그 사람의 마음을 살피는 것이며, 사랑이 줄 수 있는 가장 큰 위안 중 하나는 예측할 수 없는 세상에서 예측 가능한 아늑함을 느낄 수 있다는 것이므로. 여행지에서 집으로 돌아오지 못한다면, 여행은 방랑이 될 뿐이다.

그럼에도 간혹, 그의 속쌍꺼풀과 쇄골 그리고 발목 복사뼈가 어떻게 생겼는지 너무 잘 알고 있다는 사실이, 다음 순간 그가 어떤 말을 할지 예측할 수 있다는 사실이, 대사를 모두 꿰고 있는 영화처럼 지루하거나 뻔한 관계로 이어지지 않을까, 우려하는 이유가 될 수도 있다. 여행 프로그램에서 우연히 본, 가보지 못해 더 매혹적으로 보이는 여행지, 다시 말해 서로가 아닌 다른 사람을 향한 여정을 떠나고 싶어지면 어쩌나, 지레 자책하거나 겁먹게 될 수도 있다. 그러나 아무런 신호나 근거 없는 예측 불가능성에 사랑할 시간을 낭비할 필요 없다. 사랑에 대한 근거 없는 의심은 사랑의 지속에 불필요할 뿐. 사랑에서 내가 컨트롤할 수 없는 부분까지 인정하는 것도 사랑이다.

또한 복사뼈의 모양까지 잘 알고 있는 익숙한 연인과 인생의 새로운 일들을 맞이하는 것은, 익숙함에 설렘까지 더해지는 일이다. 우연히 발견한 매혹적인 여행지로 사랑하는 그와 함께 떠나는 것은 생각만으로도 얼마나 설레는 일인가. 게다가 비행기 안에서 입 벌리고 자는 모습이 추해 보일까 걱정하지 않아도 되고, 지도를 따라갔지만 목적지가 나오지 않더라도 그와 함께이기에 불안해하지 않아도 된다. 친하지 않은 누군가에게라면 처음 맛보는 음식에 대해 '네 맛있네요, 호호' 하고 넘겨버렸겠지만, 너무 눅눅하거나 향이 강하다는 솔직하고 진지한 대화를 편하게 나누게 되는 것 또한 '익숙한 함께'이기에 가능한 즐거운 일이다. 혹은 대화를 잊은 채 각자 맛있는 음식을 즐기는 것조차 어색하지 않은 일이 된다.

익숙함이 지루함과 동의어는 아니다. 대사를 외울 정도로 여러 번 본 영화라면 분명 당신의 인생영화일 것이다. 그 영화는 다음 장면을 예상할 수 있어도, 결말을 이미 알고 있어도, 언제 보아도 새로운 감동을 전해준다. 마찬가지로, 겨울이 지나고 매번 찾아오는 봄이 지루하지 않고 설레듯, 여행지에서 돌아와 집같이 익숙해진 사람과의 사랑은 언제나 찾아오는 봄같이 따뜻한 설렘을 준다. 지겨워질 법한 봄에 대한 노래마저도 봄이 가까이 오면 여전히 차트에 오르는 것처럼 말이다. 예측 가능한 사람과의 예측 가능한 사랑은 봄처럼 그러하다.

겨울이 지나고 매번 찾아오는
봄이 지루하지 않고 설레듯,
여행지에서 돌아와 집같이 익숙해진
사람과의 사랑은
언제나 찾아오는 봄같이 따뜻한 설렘을 준다.
지겨워질 법한 봄에 대한 노래마저도
봄이 가까이 오면
여전히 차트에 오르는 것처럼 말이다.

story 2

그러다 자꾸_

너와 함께면 세상이 주는 상처도 견딜 만해진다

그래도 해피엔딩

아쿠!

휙!

아!

나쁜 하루의 끝에 당신이 있다면,

그래도 그날은 해피엔딩이다.

사랑하는 사람만 낼(풀) 수 있는 문제

세상이 내준 어려운 문제들로 씨름하고 있을 때
너는 내게 가장 쉬운 문제를 내주었다.

"누구게?"

눈감고도 풀 수 있는 그 문제로 인해
어깨와 기분은 한결 가벼워졌다.

누구게?

두려움을 마주하는 법

나무가 아니라 숲을 보라.
그러나 숲이 두려울 땐 나무를 보라.

커다랗고 두려운 시련도 자세히 들여다보면
극복할 만한 작은 일들로 이루어져 있음을 알게 된다.

소중한 것 리스트

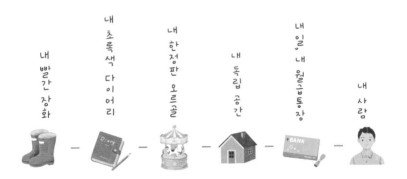

내
빨
간
장
화

내
초
록
색
다
이
어
리

내
한
정
판
오
르
골

내
독
립
공
간

내
일,
내
월
급
통
장

내
사
람

인생의 흐름에 따라 내 '소중한 것' 리스트는 바뀐다.
그중 바뀌지 않는,
또한 바뀌지 않으리라 믿는 가장 소중한 몇 가지가
나머지 중요한 것들을 모두 잃어버려도
삶을 지탱할 힘을 준다.

한 장의 캐리커처일 뿐

아무리 실물보다 나를 못생기게 그려주어도
캐리커처는 재미있다.

내가 생각했던 것보다
좋은 대우나 호의를 받지 못했을 때에도
단지 한 장의 캐리커처를 받았구나 생각한다면,
그 상황을 웃어넘길 여유를 갖게 된다.

너이기에

다른 사람이
볼 수 없는 각도의
그 사람을 발견하는 것,

동시에 알지 못했던
나를 발견하는 것이
사랑이다.

How to.

책을 살짝 펼쳐서
아래쪽에서 보세요

Lover's 레이더

유채꽃밭에서 노란 원피스를 입고 있어도
눈밭에서 흰 패딩을 입고 있어도
칠흑 같은 어둠 속에서 검은 우산을 들고 있어도
하와이에서 하와이안 셔츠를 입고 있어도
야구장에서 수많은 야구팬들 중에서도
사랑하는 사람은 쉽게 찾아낼 수 있다.

그러므로 유독

곰균과 함께 백곰양을 찾아보세요

백곰양찾기 소요시간
0.001

눈에 밟히는 누군가가 있다면
조심스레 사랑을 의심해보라.

그가 지명수배자나
유명 연예인이나
형광 녹색으로 염색한 헤어스타일의 소유자가 아니라면 더더욱.

사랑할 '때'

사랑에서 타이밍이란,
그 사람을 놓치지 않는 타이밍을 의미하기도 하지만
사랑하고 싶을 때 누군가를 만나는 타이밍이기도 하다.

그러므로 내 옆의 이 사람은
각자가 만든 타이밍으로 사랑하게 된 사람이기도 하지만
서로의 인생이 만든 타이밍으로 사랑하게 된 사람이기도 하다.

강물이 고요히 흐르다
큰 바위가 있는 지점에서
거세게 굽이쳐 흐르는 것처럼,
인생에서 '거세게 사랑하고 싶은 때'를 자연스럽게 만나게 되는 것이다.

사랑도, 자연처럼 때가 있다.

내 옆의 이 사람은
각자가 만든 타이밍으로
사랑하게 된 사람이기도 하지만
서로의 인생이 만든 타이밍으로 사랑하게 된
사람이기도 하다.

체온

36.5도 같은 온도이지만
신기하게도 서로 닿으면
따뜻하게 느껴지는 것이 체온이다.

그렇게 우리는 함께라서 따뜻해질 수 있다.

진짜 예쁘고 맛있는 노력

곰대리,
최소한의 비용으로 최대한의 영업이익을
남기는 플랜을 좀 구상해보라고.
지난 분기는 실적이 영 별로였어.

네! 부장님!
(대답은 무조건 우렁차게)

세상은, 노력 대비 효율을 따지고,

이거, 곰군이 만든 거야?
진짜 예쁘고 맛있다!   (아직 먹기 전이잖아^^;;)

사랑은, 노력에 감동할 뿐이다.

사랑은, 평범해도 괜찮다는 위로와
누군가에겐 특별하다는 위안을
동시에 가져다준다.

지는 기분도 좋다, 지는 해처럼

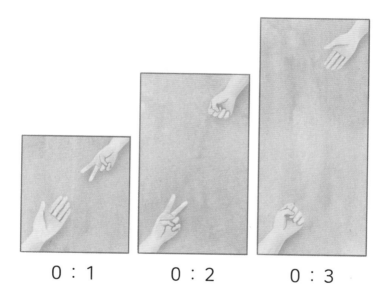

0 : 1   0 : 2   0 : 3

늘 이기라고 말하는 세상,
지는 게 억울하지 않은 기분 또한
사랑이 가져다줄 수 있는 평온이다.

음악과 사랑의 공통점

□ 1번. 뺨을 때린다
□ 2번. 얼굴을 쓰다듬는다

당신이 사랑에 빠져 있다면 2번의 시선으로
장면을, 세상을 바라볼 확률이 크다.

그 시선이 당신이 만나는 다른 이들에게도
따뜻하게 머물고 좋은 기운을 준다.
결국 세상이 조금 더 아름다워질 확률 또한 커지는 것이다.

이어폰을 꽂고 좋아하는 음악에 빠져 있을 때
세상이 더 아름다워 보이듯,
누군가에게 빠져 있을 때 사랑도
아름다운 음악과 같은 프레임으로 세상을 바라보게 한다.

성급한 일반화의 잠재적 위험

'모든 여자는 꽃과 인형을 좋아할 것이다'라는 가정은
'모든 할머니와 아이는 테러범이 아닐 것이다'라는 가정처럼
잠재적 위험을 내포하고 있다.

함께 삼겹살을 먹기로 한 날,
붐비는 길 한복판에서 사람 크기만 한 인형을 선물했을 때,
어떤 위험한 상황이 펼쳐질지 모른다.

고마워 (ㅋ형!)

역시 좋아하는구나~
흐뭇~
으쓱~

애칭

둘만의 애칭은 둘만의 세계로 들어가는 암호와 같다.

단 한 사람에게만 보여주는 모습들을 함축하고 있는
시어(詩語)와 같다.

크아앙~!

앙~

북극 생태계의 최상위
포식자로서 맹수의 포악함과
공격성을 지니고 있고…

곰군의 최고 사랑을 받는
여자 친구로서 연인에게 특히
상냥하고 세심한 배려를…

백곰

백곰양♥

너를 만나는 중

3.
멈추지 않았으면 하는 너의 웃음으로
나를 속속들이 알고서 보내주는
지지와 사랑으로
애정이 가득 섞인 눈빛으로
대가를 바라지 않는
따뜻한 응원으로

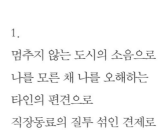

1.
멈추지 않는 도시의 소음으로
나를 모른 채 나를 오해하는
타인의 편견으로
직장동료의 질투 섞인 견제로

4.
너라는 존재의 이유만으로
지금 충전되고 있다.
사랑은 마음속
세상의 소음을
잠잠하게 만들어준다.

2.
친절을 베푼 대가로 돌아온
차가운 눈빛으로
이유 없이 지속되는 피곤으로
방전되었던 마음이

바깥으로 접어보세요

오늘따라 예쁘다

오늘도 예쁘다!
(화장을 할수록
무서워지는
이유는 뭘까?)

산타클로스에 대한 환상을 깨지 않기 위해
아이에게 하는 착한 거짓말처럼,

연인 사이에도 환상을 지켜줄 거짓말이 필요할 때가 있다.

객관적 편견

사랑은 그것에 사로잡힌 사람에게 놀랍도록 견고한 '객관적인 편견'을 갖게 한다. '객관적인'과 '편견'은 서로 상충되는 말이며, 이성적인 세계에서 '객관적인 편견'은 있을 수 없다. 그러나 사랑에 빠진 남자와 여자에게 '객관적인 편견'은 아주 보편적인 세계관이다.

객관적인: 다른 말로, 증명된, 토를 달 수 없는.
편견: 다른 말로, 어느 한쪽으로 치우친.
객관적인 편견을 다르게 말하자면, '토를 달 수 없는 치우친 생각'이다.

그녀 혹은 그가 아무리 이상한 헤어스타일을 고수하거나, 철 지난 웨스턴 부츠를 즐겨 신거나, 철들지 못한 어떤 행동을 하더라도, 사랑에 빠진 상대의 눈에 더할 나위 없이 멋지거나, 어린아이와 같은 천진난만함으로 비친다면 그것이 설사 일반적인 생각이 아니더라도 어느 누구도 토를 달거나 생각을 바꾸도록 설득할 수 없다. 세상을 말 한마디로 호령하는 재벌가의 어머니조차 가난한 여자와 사랑에 빠진 아들을 설득할 수 없다는 드라마의 클리셰*적인 장면처럼. 또한 객관적 편견은 사랑하는 사람의 우스운 버릇이나 독특한 습관을 단순히 옹호하게 할 뿐 아니라 한 사람의 존재에 대한 흔들리지 않는 믿음과 지지를 가질 수 있게 해준다. 그럴 때 편견은 더 이상 부정적 뉘앙스가 아닌 낭만적인 기운을 띠는 단어가 되기도 한다.

고구려 때 세워져 거란과 몽고, 홍건적의 침입을 수차례 막아내고, 병자호란 때 청나라군으로부터 조선을 지켜내 지금은 보통명사로 널리 사용되는 '철옹성'이라는 단어가 있다. 사랑은 그렇게 둘만의 '철옹성'이 되기도 한다. 두 사람 사이의 주관적인 감정일 뿐이지만 그 사랑이 견고할 때 어떤 다른 이의 의견도, 세상의 방해도 영향을 미칠 수 없는 둘만의 객관적인 세계가 만들어진다.

사랑하는 사람이 가지는 '객관적인 편견'은 철옹성 이후에 가장 단단하고, 그 안은 '엄마의 배 속' 이후에 가장 아늑하며, 그곳에 초대된 연인은 누구보다 행복하다. 다른 누군가에게 나는 쉽사리 내가 저지른 실수나 별 뜻 없이 한 말이나 행동 때문에, 혹은 내가 가진 어떤 능력이나 반대로 가지지 못한 능력 때문에 이런 사람이 될 수도, 저런 사람

*클리셰
영화, 노래, 문학 등에서 흔히 쓰이는 소재나 이야기의 흐름. 진부하거나 틀에 박힌 생각 따위를 이를 때도 쓰인다.

이 될 수도, 이런 위치에 오를 수도, 다시 그 위치에서 내려와야 할 수도 있다. 의도치 않았거나 의도했거나 어쩔 수 없이 변할 수 있는 내 일부의 모습 때문에 나를 둘러싼 세상의 대우도 시선도 한순간 변하게 된다. 그러나 한 사람에게만은 변함없이 사랑받는 사람이라는 믿음, 그 사람의 마음에 내 한 자리는 언제나 있을 것이라는 믿음, 그것보다 더 아늑하고, 평온하고, 행복한 느낌은 또 없을 것이다.

그 계절의 별이 늘 그 자리에 있다는 사실은 객관적이고도 낭만적인 사실이며, 우리가 종종 진실된 사랑에 대해 느끼는 감정 또한 그러하다.

그 계절의 별이 늘 그 자리에 있다는 사실은
객관적이고도 낭만적인 사실이며,
우리가 종종 진실된 사랑에 대해 느끼는 감정 또한 그러하다.

사랑의 발견, 사랑을 발견 2

아무리 어지럽히기 좋아하는 사람도
사랑에 빠지면
몇 가지 정리습관이 생긴다.

연인의 신발을 신기 쉽게
정리해준다거나,

바람에 흩날리는 머리를
정리해준다거나,

혹여 심란한 일로 그 사람의 마음이 복잡할 때
쉽게 정리될 수 있도록
얘기를 들어주며 토닥거려준다.

그렇게 문득 정리에 소질이 있는
자신을 발견하게 된다.

비록 여전히
데이트 직전 자신의 방은
온갖 옷가지들로 어지러울지라도 말이다.

우산이 되어

우산의 살은 모두 구부러져 있다.

누군가를 지켜준다는 것은
우산처럼 그 사람을 위해
인생의 빗속에서 자신을 구부려야 할 일이
생길 수도 있다는 것이다.

그렇게 내 우산 안으로 들어온
그 사람을 지킬 수 있게 되는 것이다.

후진하는 남자의 팔뚝보다 섹시한 것

후진하는 남자의 팔뚝보다 섹시한 것은
비 오는 날 여자가 젖을까 내내 우산을 기울여 씌워준
남자의 비 맞은 한쪽 어깨이다.

100%의 나

직장 상사, 클라이언트, 지인 아닌
연인에게만 보여주는 어떤 모습은 곧
어린 시절의 발현이다.

그때처럼 떼쓰고, 티 없이 장난치고, 투정 부릴 수 있다는 것.
다른 말로,
원하는 것을 말하고, 마음껏 순수해지고,
온전히 자신을 드러낼 수 있다는 것.

그것이 사랑이 줄 수 있는 커다란 위안 중 하나이다.

〈현재의 백곰양〉 〈어릴적 백곰양〉

곰군. 연어구이 먹고 싶어

엄마, 청어리 튀김
머꼬시떠

남극에 살 때는
생선을 많이 먹어
다크서클이 없는 백곰양

나 잡아봐라~

나 자다바다~

야근하기 싫어
주말 근무 더 싫어
회사 가기 싫어

숙제 시떠
브로코리 먹기 시떠
주사 맞기 시떠

Smile!

화난 얼굴에는 웃는 얼굴이 잠재되어 있다.
약간의 노력으로 오늘도,

웃는 얼굴로 웃는 하루.

멈춤 에너지

하늘을 나는 연은 바람이 불지 않으면,
시계의 분침과 초침은 건전지가 다하면,
내리는 소나기는 먹구름이 사라지면,
저절로 멈춘다.

그러나 저절로 멈추지 않는 것들도 있다.
6시 이후에도 일에 쫓기는 마음,
소용없음을 알고도 계속되는 걱정,
누군가를 향한 원망과 미움들은
때를 모르고, 끝을 모르고 계속된다.

그럴 때는 저절로 멈추기를 기다리기보다
스스로 멈추려는 노력이 필요하다.

그 노력의 첫 번째는
잠시 멈춤이 필요하다는 것을 깨닫는 것.

그다음은
일보다 더 소중한 것을 기억하거나,
걱정을 잊을, 좋아하는 취미에 빠진다거나,
그 사람을 향한 다른 감정을 떠올리는 등
자신만의 방법을 찾는 것.

그렇게 스스로 멈출 수 있게 되면,
멈추었던 곳에서 새로운 방향을 정할 수 있게 된다.

나를 등 떠밀었던
일의 관성, 걱정의 관성, 미움의 관성이 아닌
바로 나의 힘으로 앞으로 나아갈 수 있게 된다.

움직이기 위해서만 에너지가 필요한 것은 아니다.
멈추기 위해서도 에너지가 필요하다.

낭만적 수식

2 + 2 = ♡2

늘 바삭한 소프트셸크랩 샐러드처럼

자주 가는 레스토랑, 자주 가는 옷 가게, 자주 가는 병원의 공통점은 '믿음'이다. 지난번과 같이 바삭하고 신선한 소프트셸크랩 샐러드가 나오리라는 믿음, 내가 좋아하는 컬러가 배합된 셔츠나 다음 주 중요한 약속에 입고 나갈 적절한 패턴과 드레이핑의 스커트(물론 가격까지 적절한)를 살 수 있으리라는 믿음, 환자를 돈벌이 수단으로 대하지 않으면서도 전문적인 진료를 받을 수 있으리라는 믿음들이다. 이러한 믿음은 오랜 기간에 걸친 실패 없는 수많은 경험을 근거로 세워진 '이성적 믿음'이다.

그러나 레스토랑이나 옷 가게, 병원을 이용할 때는 아주 냉철하고 이성적이었던 사람이 간혹 사랑의 영역에서는 '믿음'에 대한 아주 무른 잣대를 적용한다. 누군가에 대한 '낭만적 믿음'은 어떠한 이성적 근거 없이 그 사람의 속눈썹이 아름답다는 이유만으로, 그녀와 스친 손이 떨리는 감정을 전해준다는 이유만으로 터무니없게도, 그러나 매우 굳건하게 세워진다.

옷 가게 직원이 "고객님, 파란 스카프가 참 잘 어울리시네요"라고 한 말은 한 귀로 듣고 한 귀로 흘리면서, 보험 설계사가 "요즘 가장 수익률이 높은 상품입니다"라고 한 말에는 의심의 촉각을 곤두세운 채 고개를 갸우뚱하면서, 좋아하는 상대가 지나가는 말로 혹여 "파란색이 잘 어울리네요"라고 했다면 한 치의 의심도 없이, 옷장을 뒤지고 뒤져서 생전 입지도 않았던 파란 원피스를 찾아내 거울에 대보기까지 하는 것이다. 맛없고 질겼던 그날의 스테이크는 그녀의 '맛있었다'는 말에 꽤 근사한 저녁식사로 기억되기도 하고, 혹여 그가 일기예보를 전한다면 종종 틀릴 확률이 있는 기상청의 일기예보일지라도 믿고 싶은 기분이 된다. 이처럼 스스로를 팽팽히 조였던 이성의 허리끈을 호감 있는 사람 앞에서는 툭 하고 끄르고 싶어지는 것이 인간의 본성이다.

• • •

그러므로 낭만적 믿음을 심어줄 때에는 그만큼 책임과 정직이 따라야 한다. "너를 좋아해"라는 말에 가슴 떨려 하며, 그 말을 한 상대와 함께인 내일을 그리는 사람의 믿음을 이용하지 말아야 한다. 사랑하는 마음 없이 해서는 안 되는 말이 '사랑한다는 말'임은 당연하지만 또한 사랑한다는 마음 없이 해서는 안 되는 행동 또한 '사랑한다고 믿게 만드는 행동'이다.

예를 들어 별 감정 없이 진지한 눈빛을 보내거나(이탈리아 남자처럼 눈이 원래 그윽하게 생겼다면 어쩔 수 없더라도), 옷에 붙은 머리카락을 떼어준다거나 하는, 연인 사이에만 할 법한 어떤 행동들은 상대에게 낭만적 믿음을 갖게 할 위험이 있다. 의도적으로 낭만적 믿음을 갖게 하고, 그것을 이용해 사랑이 아닌, 단지 자신의 욕구 충족이나 금전적 이익 혹은 사소한 감정적 즐거움과 같은 다른 목적을 취해서는 안 된다. 그것은 '사기'와 같은 맥락의 행동이다.

• • •

반대로, 낭만적 믿음이 오해할 만한 행동으로 만들어진 신기루나 한 사람의 판타지가 아니라 서로에 대한 진심 위에 세워졌다면, 그 위에 시간이 갈수록 진심 어린 말과 행동이 더해진다면, 처음 그 믿음이 세워진 속도와는 상관없이 관계는 더욱 굳건해질 수 있다. 순간적인 사랑은 외계인이 지을 수 있는 어떠한 구조물보다 빨리 세워질 수도 있지만, 그것을 견고하게 만드는 것은 오랜 진심 어린 말과 행동이라는 지지대이다. 낭만적 믿음에, 자주 가는 레스토랑, 자주 가는 옷 가게, 자주 가는 병원에서 얻을 수 있었던 이성적 믿음이 더해진다면, 수많은 경우의 수를 통해 이 사람이 건네는 위로는 따뜻한 수프 같고, 이 사람의 포옹은 바람 부는 날의 스카프같이 포근하며, 힘들거나 아픈 마음을 치유해줄 수 있는 사람, 언제든 기댈 수 있는 사람이라는 진짜 확신이 든다면, 그 사람과의 사랑은 아름다움에 견고함까지 갖춘 건축물이 되는 것이다.

상대의 낭만적 믿음에 이성적 믿음을 더할 수 있도록 하는 것은 결국 사랑의 과정이자, 사랑하는 사람에 대한 배려이자, 사랑하는 사람으로서의 큰 기쁨이다.

'함께'의 장점 1

함께여서 좋은 7083가지 중 하나,
풍선을 들고 걸어도 부끄럽지 않다.

"사랑의 장점은 참 많아."

감정의 DMZ(비무장지대)

낯선 대중 앞에서처럼,
실수에 당황했을 때처럼,
선불리 감정을 드러내는 게 아마추어가 되는 회의 자리에서처럼,
빨개지는 걸 부끄러워할 필요 없다.

그 사람 앞, 사적인 그 공간에서 마침내
'대외용 나'를 내려놓을 수 있다.
긴장으로 한껏 솟은 어깨를 마음 편히 내려놓을 수도,
마음껏 두 볼이 빨개질 수도 있다.

감정의 비무장지대에서
우리가 얻는 것은 전쟁 없는 마음의 평화이다.

마음의 상처엔 '그 사람 밴드'

"다크서클이 심해졌어."
"눈이 너무 예뻐."

"더 분발하세요."
"그대로의 네가 좋아."

"또 살쪘네."
"또 보고 싶네."

상처와 관계없는,
나와 가장 관계있는 사람 덕분에 상처는 낫는다.

거실의 한정판 7번 에칭 판화보다

거실에 걸어놓은, 유명 작가의 20점 한정 에칭 판화 중 7번 작품은 그 집의 분위기를 한층 더 업그레이드시켜준다. 연인관계에서도 말하자면, 다분히 세속적인 기준으로 제3자가 보았을 때 7번 에칭 작품같이 더 매력적인 어느 한쪽이 있을 수 있다. 한 연구 결과에 따르면 매력적인 배우자를 둘 경우, 그 배우자를 둔 사람의 매력도 함께 올라간다고 한다. 단순히 가장 가까운 사람에게 주어지는 후광 효과*일 수도, 저런 매력적인 배우자를 두었으니, '그다지' 매력적이지 않아 보이는 이 사람에게도 숨겨진 무언가가 있을 것이라고 지레 짐작한 결과일 수도 있다.

한편 인간은 다른 인간의 언행에 영향을 받을 수밖에 없는 가벼운 존재

*후광 효과
어떤 사람이 가지고 있는 두드러진 특성이 그 사람의 다른 세부 특성을 평가하는 데에도 영향을 미치는 현상이다.

이기도 하기에, 나의 연인이나 배우자에 대해, "참 훈남이시던걸요" "능력자 여자친구를 두었어요"라고 하는 칭찬을 듣게 되면 그날따라 유독 자주 나의 짝을 흐뭇한 미소로 바라보며, 머리를 쓰다듬는 자신을 발견하게 되기도 한다. 혹은 그 반대의 말을 들었을 때에는 한 귀로 흘려 보냈다가도 문득 떠오르는 그 말에 애써 담담한 표정을 짓기도 한다.

그러나 타인이 찾아내는 내 연인의 매력이나 단점이라는 것은 매우 한정적이며, 세속적이고, 30초 안에 그린 크로키처럼 러프하기 그지없다. 인사팀장의 눈(성공적인 커리어를 갖고 있는가?)으로 그 사람을 바라보거나, TV 속 배우나, 잡지 속 모델을 보는 눈(신체적 매력이나 패션 감각은 어떠한가?)으로 바라보거나, 자본주의 사회의 충실한 구성원의 눈(재력이 있는가?)으로만 그를 바라보곤 한다. 둘만의 여행을 떠난 다음 날, 평소 늦잠이 많고 요리도 잘하지 못하는 사람이, 아침 새같이 일어나 적당히 바삭한 토스트를 준비해주었다거나, 더불어 반숙을 싫어한다는 사실을 기억하고 노른자를 완전히 익힌 계란 프라이까지 곁들였다는 감동적인 세심함은 타인의 '연인으로서의 매력도 평가' 리스트에 포함되지 않는다. 절친한 친구가 아닌 이상, 그가 어떤 차를 모는지보다 그 차로 사랑하는 사람이 좋아하는 풍경의 장소에 얼마나 자주 데려다주었는지는 알 수도 없고 별 관심도, 흥미도 없기 마련이다.

그렇게 정작 사랑의 정수인 애틋함, 세심함, 배려심 등은 꼭 필요하지만 깜빡하기 쉬운 장보기 목록처럼 타인이 그 둘의 사랑을 보는 관점에서 쉽게 빠지는 목록이 되곤 한다. 당사자가 아닌 이상 그 목록으로 어떤 맛있는 요리가 탄생될지는 짐작할 수도 없다. 그러므로 누군가 나의 연인이나 우리의 관계에 대해 '섣부른 평가'를 내린다고 해도, '우리'를 잘 모르는 제3자의 말에 기분이 좌우될 필요는 없다. 커플에 대한 대표적으로 섣부르고 무례한 평가 중 하나인, '어느 한쪽이 아깝다, 아깝지 않다'는 아마도 '엄마를 닮았다, 아빠를 닮았다' 다음으로 남에 대해 가벼운 흥미를 갖고 내리는 평가인 동시에 별다른 뜻도, 깊이도 없는 말일 것이다. (게다가 아기의 얼굴은 자라면서 수십 번 바뀐다.)

거실에 걸린 유명 작가의 한정판 에칭 판화는 누가 봐도 분명 집 안 분위기를 한층 업그레이드시켜줄 수 있다. 그러나 제3자가 보기에 구도도 컬러매치도 엉망인 화풍의 그림이 실은 그 집의 사랑스러운 세 살 아기가 그린 가장 의미 있고 소중한 작품일 수도 있으며, 가장 중요한 사실은 그 집에 가장 오래 머무는 것은 손님이 아닌 그 집에 살고 있는 가족이라는 것이다.

마찬가지로, 다른 누군가가 아닌 서로에게 어떤 그림이 될지는, 그 결과 어떤 그림을 그려갈지는 오직 사랑하는 당사자에게 가장 중요하고 의미 있는 주제이다. "참 멋진 그림이네요!"라는 칭찬에 우쭐해질 필요도, "집과 어울리지 않네요"라는 말에 신경 쓰거나 상처받을 필요도 없다. 누군가에게 우리의 사랑이 어떤 풍경으로 비치는가는 중요하지 않다. 사랑을 하는 동안 '우리'는 풍경이 아닌(거실에 걸린 그림이 아닌, 그 거실, 그 집) 바로 그 사랑의 주인공이기 때문이다.

누군가에게 우리의 사랑이
어떤 풍경으로 비치는가는 중요하지 않다.
사랑을 하는 동안 '우리'는 풍경이 아닌
바로 그 사랑의 주인공이기 때문이다.

story 3

갈수록 깊이_

엄마 배 속 이후 가장 편안하고 따뜻한 공간

열쇠

사람을 발음하면 입술이 닫히고
사랑을 발음하면 입술이 열린다.

사람은 사랑으로 서로를 열 수 있다.

함께이면서 혼자일 수 있는

왠지 혼자 있고 싶을 때가 있다.
아이러니하게도, 그러면서도 온전히 혼자이고 싶지 않은 날이 있다.

그럴 때는 혼자 있음에 방해가 되지 않으면서
'함께'의 따뜻함을 주는 사람을 만나면 된다.

둘이면서도 혼자일 수 있는,
뫼비우스의 띠나 펜로즈의 계단*처럼,
현실에는 존재하지 않을 것 같은 사이가 실은 존재한다.

둘의 사랑이 무르익는 어느 지점에 도달하게 되면,
가능해지는 사이이다.

어? 곰균, 오늘 왜
모자 썼어?

혼자 있고
싶어서...

모자의 또 다른 기능 : 혼자 모드

시선 차단으로 인해
모자가 주는 심리적 안정감

챙이 넓을수록 안정감도 커짐

달지만 물러지지 않고,
상큼하지만 시지는 않은,
딱 맛있게 익은 열매 같은 관계의 기쁨을,

사랑의 어느 지점에서, 혹은 그 지점으로부터 계속
만끽할 수 있게 되는 것이다.

＊펜로즈의 계단
영국 물리학자 로저 펜로즈가 고안한 '펜로즈의 삼각형'을 보고 그의 아버지가 그린
도형. 2차원에는 존재하지만 실제 3차원에는 구현할 수 없어 '불가능한 계단'으로
불리기도 한다.

들켜도 괜찮아

사랑하는 마음은 자주 증거 인멸에 실패하는 범인이 되곤 한다.
그 결과 무기한 사랑형 혹은 몇 개월 이하 짝사랑형에 처해지게 된다.

다행히도 둘 다 인생에서 하면 좋을 경험들이다.

서툰 나와 능숙한 너

세상의 편견과는 반대로,
전구 갈기
노트북 고치기
벌레 잡기
후진 주차에
매우 능숙한 여자친구와
이 모든 것에 서툰 남자친구도 존재한다.

신기한 것은,
한 명이 서툰 일들을, 다른 한 명은 능숙히 해낸다는 것이다.

그런 의미에서
서양에서의 사랑의 신(Amor)과
동양에서의 천생연분(天生緣分)은
존재하는 것인지도 모른다.

됐다!

와아~♥

백곰양
전매특허포즈

사랑을 10글자로 표현한다면?

컵 하나, 두 개의 스트로

당신의 사랑을 10글자로 표현한다면?

(   )

세속성과 순수성은 공존한다

사랑이 순수하기를 바라는 것은 사랑에 빠지는, 사랑에 빠지고 싶은, 사랑에 관한 노래와 시와 영화를 쓰고 싶은 사람들의 주된 로망이자 암묵적 약속이며, 사랑은 그 순수성만으로 고달픈 현대를 살아가는 사람들에게 위안과 감동과 희망을 준다. 그러므로 감히 사랑이라는 감정에 크고 작게 세속적인 부분이 작용할 수 있다는 말을 공공연하게 하는 용감한, '사랑에 빠진 사람'이나 '예술가'는 쉬이 찾을 수 없다.

그래서 드라마에는 항상 재벌남과 사랑에 빠지지만 정작 그의 재력에는 전혀 관심 없어 보이는 해맑고 순진한 표정의 여자 주인공이 늘 등장하는 것인지 모른다. 드라마의 초중반부, 그녀를 백화점으로 데리고 가 머리부터 발끝까지 신데렐라에서 공주로 변신시키는 장면은 자주 나오지만 그 장면에서는 돈보다 무엇이든 주고 싶은 남자의 순애보만 강조될 뿐이다. 여자 주인공은 좀처럼 남자가 사 주는 원피스의 가격

당신의 다크서클과 잘 어울리는
도트 원피스가 좋겠군
하지만 별로 맘에 안 드는 것까지
다 사 줄게

어머
넘 예쁘시다~

털이 하얘서
다 잘 어울리세요

태그(tag)를 보지 않는다. 정작 시청자들은 무한한 경제적 능력으로 가능한 일들에 대리만족과 카타르시스를 느끼지만!

그러나 자본주의 사회를 살면서, 카를 마르크스(Karl Marx)가 추구한 반자본주의 사회에 사는 사람들이 할 법한 사랑만을 진정한 사랑으로 여기는 것, 모든 세속적인 것들에 알레르기 반응을 일으키는 것도 아이러니하다. 사랑에 어느 정도의 세속적인 부분이 존재함을 인정하는 것 또한 성숙한 인간의 모습일지 모른다. 동시에 세속적인 부분을 한 사람으로부터, 소고기에서 뼈를 발라내듯 임의로 발라내어 '나는 그 사람의 배경이 아닌 그 사람과 사랑에 빠졌어'라고 자신의 사랑에 순수한 정당성을 부여하고 싶은 것이 오히려 강박적인 모습일 수 있다. 당신이 반한 그의 온화한 성격은 유복한 환경에서 비롯되었을 수도, 그녀의 심미적 센스는 어린 시절부터 가능했던 다양한 외국 생활로부터 비롯되었을 수도 있다.

그러므로 굳이 '그의 멋스러운 스타일링에 반했지만 그것을 가능하게 한 그의 경제적 능력과는 사랑에 빠지지 않았다' '그녀의 고급스러워 보이는 룩이 아닌 그저 우아한 미소와 사랑에 빠졌다'라고 자기 자신을 속일 필요는 없다.

설사 그렇다 해도 그 사랑이 순수하지 않은 것은 아니므로. 자본주의 사회를 살아가는 이상 사랑의 시작에 어느 정도 세속적인 부분이 작용할 수 있으며(물론 그것이 차지하는 비율에 따라 순수성은

일부 퇴색될 수 있겠지만), 만약 결정적인 순간 그 세속적인 장점
이 사라졌을 때에도 사랑이 지속된다면 사랑의 순수성은 더욱
여실히 증명될 가능성도 있다.

아름다움을 발견하는 눈을 발견하다

사랑하는 사람과 함께일 때,
풍경은 비로소 숨겼던 아름다움을 드러낸다.

그 혹은 그녀의 아름다움을 발견하는 눈으로
풍경 또한 바라보게 되기 때문이다.

사랑의 속도, 인생의 속도 3

공군이네 ♡

가장 **빠른** '좋아요'가 곧
그대가 **가장** '좋아요'이다.

그 사람에게 달려가는,
그 사람의 마음을 알아채는,
그 사람의 요청에 손을 내미는,
그 사람의 크고 작은 변화에
반응하는 속도가
곧 사랑이다.

사랑은 속도에 비례한다.

사랑의 부작용

〈피자를 더 맛있게 먹는 방법〉

1. 콜라와 함께 먹는다

2. 너와 함께 먹는다

〈핫도그를 더 맛있게 먹는 방법〉

1. 설탕과 케첩을 함께 뿌려서 먹는다

2. 너와 함께 먹는다

〈아이스크림을 더 맛있게 먹는 방법〉

1. 초콜릿 같은 토핑을 뿌려서 먹는다

2. 너와 함께 먹는다

사랑과 식욕은 함께 온다는 것이
사랑의 몇 안 되는 부작용 중 하나이다.

또 쪘네 TT   아직 말랐는데...

매너 곰손

그 사람의 자리

바람이 부는 쪽은
사랑할 줄 아는 사람의 자리이다.

할 수 없지만 할 수 있는 일

필라테스를 시작할지 요가를 시작할지 하는 고민,
크로스백을 살지 숄더백을 살지 하는 결정,
기존 게임과 버전업 된 게임에 대한 토론,
오래가면서도 끈적이지 않는 헤어 왁스 혹은
번지지 않고 오래가는 아이라이너에 대한 추천.

아무리 사랑하는 그 혹은 그녀이지만
친구와 함께일 때 더 심도 깊고도 즐거운 대화를 나눌 수 있는
주제들이 있다.

그럴 때,
사랑이 할 수 없는 일을
우정에 양보하는 것 또한
사랑이 할 수 있는 일이다.

기뻐서
기쁜

힘들어도 멈추지 않는 것은
그로 인해 기뻐하는 네 모습이 기뻐서이다.

"피자 먹을래?"가 "오늘 왜 화났어?"로 발전하기까지

"피자 먹을래?"
"나도 좋아."

사랑의 초기 "나도 좋아"라는 대답에는 두 가지 의미가 숨어 있을 수 있다.

첫 번째, 나도 피자를 먹는 게 정말 좋아.
두 번째, 널 위해 (싫어할지라도) 피자를 먹을게.

사랑의 초기에는 자아를 심각하게 포기해야 하는 일이 아닌 이상 크고 작은 일들에 관해 사랑하는 사람이 내민 제안을 무조건, 그것도 어떻게 그런 아이디어를 생각해냈냐는 듯 놀라운 미소를 곁들여가며 수긍하는 경향이 있다. 둘의 관계가 그 위에 어떠한 구조물이 세워지더라도 무너지지 않을 만큼 견고한지 아직 알 수 없기 때문이다.

그가 내민 제안에 대해 솔직한 대답이라는 깃발이 꽂히는 순간, 약한 사랑의 지반이 무너져 내릴지도 모른다는 두려움이 사랑의 설렘, 긴장감과 더불어 존재한다. 따라서 내가 듣고 싶은 음악, 내가 먹고 싶은 음식, 내가 보고 싶은 진짜 영화는 후보선수처럼 잠시 벤치에 앉히고, 그 혹은 그녀의 마음에 골을 넣을 만한 실력을 가진, 적진의 플레이, 즉 취향을 가장 잘 파악한 마음의 선수가 한동안 사랑의 필드를 누비게 된다.

그러나 양 팀의 팽팽한 플레이가 흥미진진한 운동경기를 만들듯 로맨틱한 사랑의 발전 역시 어느 한쪽의 희생만으로 이루어지지 않는다. 사랑은 마음에 상대가 가득 차 자기 자신이 설 자리가 없어지는 것을 의미하지 않는다. 오히려 가장 나다운 모습을 드러내고 환영받을 수 있게 되는 것이 사랑이다.

한 번은 그가 좋아하는 음악, 한 번은 내가 즐겨 하는 취미, 또 한 번은 그가 좋아하는 데이트 장소, 그렇게 시소 타기처럼 조금씩 서로를 드러내고 발견하는 과정을 통해 사랑은 발전된다. 설령 그 과정에서, 예를 들어 아프리카 거미를 수집한다든가, 식사 때 소리를 유독 크게 낸다든가, 식사 때 나는 소리에 유독 예민하다든가 하는 약간은 받아들이기 힘든 놀라운 어떤 모습을 발견할 수도 있겠지만, 심각한 성격적 혹은 성(性)적 결함이나 범죄경력이 아닌 이상 그런 모습들을 받아들이고 이해함으로써 관계는 더 깊어지게 된다.

• • •

간혹 상대에게 자신을 드러내는 양은 사랑의 크기와 연관되기도 한다. 자신을 더 많이, 더 쉽게 드러내는 쪽일수록 더 많이 사랑받는 쪽일 확률이 크다. 그러나 예상치 못한 모습에도 사랑받을 수 있을 것이라는 확신, 어떤 잘못을 저질러도 사랑받을 것이라는 자만은 자칫 사랑을 위협하는 요인이 될 수 있다.

사랑하는 상대에게 자아를 솔직히 드러낸다는 것이 자아를 컨트롤하지 못하고, 상처주거나 예의에 벗어난 행동을 해도 됨을 의미하는 것은 아니다. 그러한 불균형이 지속될 경우 사랑은 한쪽으로 기울어진 피사의 사탑처럼 그저 오래된 사랑의 유적지로 남을 가능성이 높다. 이는 반대로, 자신의 진짜 모습을 꽁꽁 숨기는 경우에도 해당된다. 사랑하는 사람 앞에서 나 자신을 드러내지 못한 채, 위로가 필요할 때에도 적절한 위로를 받지 못하는 것만큼 외로운 것이 어디 있을까? 그것은 온전한 사랑의 모습과 거리가 멀다.

• • •

다시 말해 사랑은, 자신의 가장 밑바닥의 모습까지도 사랑할 수 있는지 그 사람을 시험하는 것도, 자아를 숨기거나 버린 채 상대에게 모든 것을 맞춰주고 희생하는 것도, 또 그 희생을 바라는 것도 아닌, 자아를 그대로 간직한 채 상대를 배려하며, 함께 즐거울 수 있는 인생의 관심사를 탐색해가는 과정이다.

그 결과 "피자 먹을래?"와 같은 가장 단순하지만 조심스러웠던 연애 초기의 질문에서부터, "내가 왜 좋아?" 혹은 "오늘 왜 화났어?"라는 진지한 질문들까지 마음 놓고 할 수 있게 되는 것 그리고 그 질문에 어떠한 답이 오더라도 둘의 사랑이 견고한 지반 위에서 무너지지 않고 단단히 서 있으리라는 것을 몸으로, 마음으로 느끼게 되는 것이다.

사랑은 서로 다른 색의 물감이 섞어버리듯 두 개의 자아가 만나 본래의 색을 잃어버리는 것이 아닌, 각자의 색을 간직한 채 어우러져 더 아름다운 그림을 그려내는 것이다.

사랑은 서로 다른 색의 물감이 섞여버리듯
두 개의 자아가 만나
본래의 색을 잃어버리는 것이 아닌,
각자의 색을 간직한 채 어우러져
더 아름다운 그림을 그려내는 것이다.

사랑에 썰물이 왔을 때에도

밀물과 썰물 때 바다의 모습은 다르다.

햇볕에 부딪혀 일렁이는 빛을 만들어내는 밀물의 바다는
그 안에 풍성한 생명이 살고 있으리라는 환상을 불러일으킨다.

사랑도 마찬가지이다.

밀물처럼 설렘과 낭만이 가득할 때, 사랑의 바다는
아름다운 풍경만을 보여준다.
그 아래 있을 더 환상적인 바닷속 풍경을 기대하게 만든다.

저녁 즈음 밀물이 지나 썰물이 왔을 때,
그제야 바다도, 사랑도
바닷물 아래 숨겨져 있던 바닥을 드러낸다.

그러나 다행히,
빛에 반짝이는 낭만적인 파도의 풍경은 사라졌더라도
대신 풍성한 맛조개, 짱뚱어, 낙지, 바지락 등 갖가지 생명이 가득한
뻘이 나타날 수도 있다.

영혼의 배고픔을 달래줄 배려, 관심, 믿음, 위안, 온기가 가득한
관계임이 드러날 수도 있다.

반대로 낭만적 풍경이 사라짐과 동시에
그저 잿빛의 진흙만이 가득한 죽은 뻘이 나타날 수도,
그 안에서 어떤 마음의 안식을 얻을 수 없는 관계임이
드러날 수도 있다.

그것을 깨닫고 실망한 채 뻘을 빠져나가려 하지만
이미 무릎까지 깊게 빠져버린 진흙탕을 벗어나기란 쉽지 않다.

낭만적 풍경은 사랑이다.
그러나 그것이 사랑의 전부는 아니다.

한때 서로의 몸과 마음을 사로잡았던 그 풍경은,
사랑의 초기, 누구에게나 왔다가 잠시 스쳐 지나가는 풍경일 뿐,
막연한 들뜸, 설렘, 핑크빛 환상과 상상이 사라졌을 때에도
그 자리에 따뜻하고 굳건한 마음이 자리 잡고 있어야만

사랑은 지속되는 것이다.

다음번 밀물의 반짝이는, 여전히 낭만적인 바다 풍경을
함께 맞이할 의지와 기쁨을 갖게 되는 것이다.

그 사람이 하는 사랑은 그 사람이다

사랑한 사람과의 안 좋은 경험으로 인해 다음의 사랑을 두려워하게 되는 경우가 있다. 왜 내가 만나는 여자 혹은 남자들은 자주 바람을 피우거나, 돈을 떼어먹거나, 이번에도 역시 상처를 줄까, 하고 한탄할 수도 있다. 돌이켜보면 사랑을 두렵게 만들거나 그런 한탄을 하게 만든 그 사람은, 친한 친구들이 사귀지 말라고 말렸던 사람이거나, 나쁜 결말에 대한 지속적인 힌트들이 있었음에도 스스로 애써 무시하고 만났던 사람이었을 것이다. 애초부터 그 사람의 나쁜 인성이나 태도에 대해 알았지만 오직 사랑을 근거로 그 사람을 두둔하고 변호하며 미래에 대해 낙관했을 수도 있다. '사랑과 사람'을 세트로 여기지 않고 '사랑'과 '그 사람'을 분리해서 생각했던 것이다.

그러나 사랑을 대하는 태도는 인생 그리고 다른 사람을 대하는 태도와 일치하기 마련이다. 사랑은 사람이 하는 것이다. 그 사람이 하는 사랑은, 그 사람을 닮을 수밖에 없다. 섬세한 사람의 사랑은 섬세하며, 다정한 사람의 사랑은 다정하다. 반대로 거짓말을 자주 하는 사람은 연인을 속일 확률이 높고, 남에게 안하무인인 사람은 결정적인 순간 가까운 사람도 똑같이 대할 수 있다. 폭력적인 사람은 사랑하는 사람에게조차 쉽게 폭력을 행사하곤 한다. 사랑에 빠지면 이 모든 사실에 예외 조항을 두려는 유혹에 빠지게 된다. 나는 그 사람이 사랑하는 '특별한 사람'이므로, '나에게만은 예외일 것이다'라는 예외 조항. 하지만 예외 조항의 예외 조항들은 더욱 쉽게 생겨난다.

사랑의 초기, 마냥 친절하고, 배려심 넘치고, 이 우주의 가장 중요한 사람처럼 상대를 소중하게 대하는 그 시기가 지나면, '나에게만' 특별히, 그리고 당연히 적용될 줄 알았던 예외 조항은 어느새 없었던 일이 되어 있을지도 모른다. 바람을 피워 사랑에 빠진 이 남자 혹은 여자에게, '나만은 예외'일 것이라는 조항을 둔다면, 그로 인해 이미 다른 이가 겪은 것과 똑같은 상처에 아파하고 눈물 흘릴 상황이 펼쳐질 수도 있으리라는 것은 달콤한 사랑에 빠진 본인 그리고 그 사람을 사랑하지 않았던 과거의 자신까지 제외하고 쉽게 예측할 수 있는 사실이다.

사랑은 눈을 멀게 한다고 한다. 사랑 외에는 아무것도 보이지 않게 된다고 한다. 그로 인해 아이러니하게도 사랑을 하는 그 대상의 본모습까지 제대로 보지 못할 수도 있다. 보았더라도 눈감은 척하게 된다. 그러나 그 사람의 나쁜 말과 행동, 성격에 대한 변호와 맹목적 이해는, 결과적으로 자기 자신을 다치게 만들 수도 있다. 사랑은 어떤 특별한 날에만 있는 이벤트가 아니라 일상 속에서 이어지는 삶의 부분이므로 모른 척했던 상대의 부정적인 모습들은 결국 드러나며, 그로 인해 상처받게 되는 것은 가장 가까운 사람, 자신이다.

예를 들어 만약 호감을 주고받는 상대가 길에서 장난감을 떨어뜨린 아이의 장난감을 무심코 밟았을 때, 미안해하며 주워 주지 않고 차갑게 "여긴 네 놀이터가 아니야"라고 했다면, 그 사람으로부터 최대한 멀리 떨어지는 것이 좋다. 아이를 향한 그 사람의 냉소와 차가운 눈빛은 언젠가 당신을 향할 것이므로.

사랑의 힘을 믿는 것은 당연하다. 사랑이 사람을 변화시킬 수 있을 것이라는 믿음을 갖는 것 또한 그렇다. 사랑의 힘으로 모두가 말리는 나쁜 사람을 환골탈태시킬 확률도 매우 적지만 분명 있으므로. 개구리도 사랑의 힘으로 왕자가 되지 않았는가? 그러나 좀 더 명확하게 말해야 하는 사실은, 개구리 왕자도 원래부터 사람이었다는 것이다.

커피와 이것의 풍성한 맛

사랑은 생크림이 가득 올려진 비엔나커피와 같다.
잔에 사랑이 가득 차 있더라도,
그 위에 존중, 우정, 신뢰와 같은
다른 감정들이 더해질 수 있다.

그리고 그것은 사랑이라는 커피의 맛을
더욱 풍성하게 만들어준다.

행복의 조합

1. 활짝 활짝

2. 활짝 활짝

3. 활짝 활짝

4. 쓰익 쓰익

5. 쓰으-

아이스크림이 사라지는 과정,
동시에 쉽게 사라지지 않을
행복한 기억이 만들어지는 과정

행복의 조합은
이토록 간단한 것을!

셈하지 않기에 따뜻하다

언제 올지 모른 채 마냥 기다리고,
그냥 흘린 말 한마디를 가슴으로 기억하고,
단 한순간을 위해 며칠을 쏟아붓고,
가장 좋아하는 것까지 양보한다.

"곰같이 미련해."

사랑하지 않는 사람의 눈으로 본다면
사랑은 미련한 것.

사랑은 세상의 셈과는 거리가 멀다.
경제학적으로 보자면 가장 비효율적이고,
논리학적으로 보자면 가장 비이성적이고,
정치외교학적으로 보자면 협상에서
질 법한 손해를 감수하는 것이 사랑이다.

그러나 동시에,
미련해서 따뜻하고,
셈하지 않기에 그 안에서 쉴 수 있는,
아늑한 마음의 공간이 생겨난다.

세상을 초월하는 둘만의 세상은
그렇게 만들어지는 것이다.
사랑은 그렇게 시작되고
또한 그렇게 지속되는 것이다.

'너 다 먹어' 쿠폰

다른 사람에게는 좀처럼 쓰지 않을
관대와 용서와 이해 그리고 '너 다 먹어' 쿠폰을
마음껏 쓰고 싶어지는 것.

일이 일찍 끝난 평일 저녁,
날씨 좋은 혹은 좋지 않은 주말의 내 시간 자유이용권을
무료로 나눠주고 싶어지는 것.

애교 3종 세트 독점 공개,
주말 데이트 코스 미리 보기,
진심 어린 눈빛 다시 보기를
무한대로 제공하고 싶어지는 것.

아낌없이 주고 싶은 나무의 마음을 이해하게 되는 것.

• 요즘 그 사람에게 주고 싶은 당신만의 쿠폰을 적어보세

관대쿠폰
Coupon for
'Generosity'

용서쿠폰
Coupon for
'Forgiveness'

이해쿠폰
Coupon for
'Understanding'

_____
_____
_____

너 다 먹어
Coupon f
'All yours

너에게 정통(精通)하다

한 분야에 정통하게 된다는 것은 그 분야에 대해 다른 사람이 막연하게 느끼는 것들의 정체를 알아차리고, 그것을 겹겹이 이루고 있는 미묘한 요소들을 깨닫는다는 뜻이다. 다른 이들이 가질 단순하고 추상적인 느낌을 구체적인 이유로 설명할 수 있게 된다. 나아가 미묘한 요소들의 차이와, 그 차이를 조정하는 방법을 알게 되며, 그로 인해 어떤 결과가 나올지 예측하며, 그 예측을 통해 원하는 결과까지 만들어낼 수 있게 된다.

예를 들어 환자는 허리가 '아플' 뿐이지만 신경외과 의사는 6번과 7번 척추뼈 사이의 디스크가 나와 신경을 누르고 있음을 알아차린다. 환자의 '아픔'은 그 디스크가 신경을 누르는 것에서부터 비롯된 저리는 듯한 아픔이라는 것을 '설명'할 수 있게 된다. 주기적인 물리치료와 허리 근육 강화 운동을 지속하면 만성적 통증이 줄어들리라는 것 또한 '예측'할 수 있다.

좀 더 낭만적인 사례들을 예로 들면, 시나리오 작가는 대사의 한 문장에서 '을'보다 '은'이 남자 주인공의 사랑을 좀 더 진실되게 그려낸다는 것을, 은유법보다 도치법이 좀 더 담백하면서 공감을 불러일으킨다는 것을 알아차리고 적절한 곳에 적절한 조사, 단어, 부호, 수사법들을 절묘하게 사용한다.

항해사는 크루즈 여행 중인 관광객이 단지 '아, 시원하다' 느낄 바닷바람으로부터, 바람의 세기와 방향과 습도를 알아차리고, 앞으로 다가올 바다의 날씨를 예측할 수 있으며, 정통한 요리사는 나이와 성별에 관계없이 평균적으로 '아, 맛있다'라고 느낄 만한 결과를 얻기 위해, 계량 도구 없이도 엄지와 검지 사이에 짚이는 소금의 양을 어느 정도로 조절해야 할지 알게 된다. 또한 농구선수는 손끝을 떠나는 공의 느낌만으로 지금 이 공이 골대를 맞고 튕겨 나갈지, 가까스로 들어갈지, 정확하고 기분 좋게 골대를 통과할지 감을 잡는다.

이러한 능력은 한 분야에 대한 무수한 케이스 스터디, 투자한 절대적으로 긴 시간, 간접적 혹은 직접적 경험으로 얻은 수많은 정보, 그 정보를 활용한 예측과 적용, 다시 예측과 적용의 무수한 성공과 실패, 그로 인해 얻게 된 직관 등으로 키워질 수 있다.

* * *

어떤 것에 정통하다는 것은, 또한 '사람'에게도 적용된다. '다소 냉기가 돈다' '일에 완벽을 추구한다' '믿을 만한 사람이다 혹은 그 반대이다' 정도로만 막연히 느껴지는 어떤 사람에 대해 사랑은, 그 사람에 정통할 수 있는 기회, 즉 충분한 시간과 친밀한 거리를 허락한다.

무수한 횟수의 다툼과 반복되는 화해, 함께한 긴 시간, '이런 상황에서 이런 반응을 보일 것이다'라는 예측과 그 예측의 성공과 실패, 그로 인해 얻게 된 직관으로부터 한 사람을 잘 알 수 있게 되며 더불어 '잘 알고 있다'라는 안정감을 가지게 된다. '다소 냉기가 도는' 이 사람은 알고 보면 나와 상관없는 사람들의 불행에 관심이 많은, 가슴 따뜻한 사람이라는 사실을 깨닫게 될 수도 있다. '일에 완벽을 추구하는' 이 사람은 일 외의 다른 면에서는 허당기가 있는 인간적인 매력의 소유자라는 것을 알게 된다.

물론 그 과정에서 부수적으로 또한 당연히 그 사람의 단점, 콤플렉스, 숨겨진 상처, 나쁜 습관들을 발견하기도 하지만, 타인에게라면 인내심을 가지지 못할 그런 부분들은 무수한 다툼과 실망에도 살아남은 여전히 사랑스러운 면들로 인해 별 중요하지 않은 사실이 되거나, 결점으로 인정되더라도 그것을 감싸 안아줄 기꺼운 마음이 들기까지 한다.

그 결과 정통한 작가, 항해사, 요리사가 사람들에게 감동적인 소설, 안전한 항해, 맛있는 요리를 선사할 수 있게 되듯, 한 사람에게 정통한 사람, 즉 사랑에 빠진 연인은 이 모든 것들을 준비하고, 선사하고, 함께하는 기쁨을 누릴 수 있는 것이다.

• • •

그러므로 사랑을 통해 다른 누군가에게 정통하다는 것은 어쩌면, 어떤 한 분야에 정통하는 것과 견줄 수 없는 다채로운 즐거움을 주는 일일지도 모른다. 나 자신이 아닌 또 다른 존재를 깊고 넓게 알게 됨으로써, 내 마음이 머물 깊고도 넓은 세상을 갖게 되는 것이므로. 어떠한 사물이나 연구 대상으로부터 결코 느낄 수 없는, 살아 있는 존재가 가진 미묘한 아름다움 혹은 아름다움의 미묘함을 온전히 누리고 탐색해갈 수 있게 되므로.

*그녀는 바닷가에서 회가 아닌 새우튀김 먹는 걸 좋아한다
                    - 백곰양에 정통한 곰군

사랑을 통해 다른 누군가에게 정통하다는 것은 어쩌면,
어떤 한 분야에 정통하는 것과 견줄 수 없는
다채로운 즐거움을 주는 일일지도 모른다.

story 4

때로는 멀리_
힘을 주었던 사랑이 힘이 들 때를 지나

초인종 장난은 그만

딩동~♪
너 괜찮은 사람 같다
HEART

딩동~♪
니가 자꾸 생각나
HEART

딩동~♪
나 너 좋아해
HEART

초인종 누르고 도망가기와
타인의 마음 두드리고 도망치기는
철없는 시절 끝내야 하는 장난이다.

전자는 귀엽다 할지라도
후자는 무책임하고 이기적일 뿐.

'당신이라는 제물'이 아닌 '당신'을

배려 없이 내뱉는 말에 상처받거나,
내가 좋아하는 것을 늘 양보해야 하거나,
언제 마음이 바뀔지 몰라 초조하거나,
내 마음을 몰라주어 서운하거나,
연락이 닿지 않아 불안하고 답답하거나,
이 모든 것이 자주 반복된다면,

당신의 마음을 조금씩 내놓는 대가로 지속되는 사랑이라면,
할수록 내가 점점 작아진다고 느껴지는 사랑이라면,
당신도 이미 알고 있겠지만,
그 사랑은 그만두어야 하는 사랑이 맞다.

전쟁, 분노, 다툼, 정치의 희생양이라는 말은 있어도,
사랑의 희생양이라는 말을 들어본 적이 있는가?

사랑은 당신이라는 제물을 원하지 않는다.
오로지 당신을 원할 뿐.

사랑의 빽

우리는 사랑을 마치 돈 많은 아빠 대하듯 하는 실수를 범하곤 한다. 돌이킬 수 없는 사고를 치고서는, 코맹맹이 소리가 섞인 애교와 윙크 한 번 혹은 손가락 하트면 모든 것이 용서될 것이라 착각하는 부잣집 철부지 막내딸이나 늦둥이 아들이 하듯 사랑을 대할 때가 있다. 사랑이 크거나 작은 실수 혹은 잘못에 대한 면죄부가 되거나, 무한한 친절과 배려, 무조건적인 용서에 대한 근거가 되리라 넘겨짚기도 한다.

그러나 어떤 치명적 실수에도, 어떤 실망스러운 순간에도 자신을 내치지 않을 것이라는 엉뚱한 착각과 확신은 사랑을 이용하려는 마음일 뿐이다. 사랑하는 마음이 어떤 경우에든 면죄부가 될 수 있다고 뭉뚱그려 생각하는 것은 당신을 섬세하게 사랑하는 사람에 대한 예의가 아니다.

돌이킬 수 없는 사고나 치명적인 실수까지는 아니더라도, 사랑에 대한 과신, 감사함을 잊은 마음은 나를 사랑하는 사람에게 쉽게 상처를 주게 만든다. 우리는 간혹 남보다 사랑하는 사람을 더 쉽게 함부로, 심지어 가혹하게 대하곤 한다. 내가 가장 잘 아는 연인이나 배우자보다 이름도 확실치 않고 얼굴만 아는 회사 지원팀 직원에게, 처음 알게 된 친구의 친구에게, 여권 발급 담당 구청 공무원에게 더 친절하고, 더 온화한 미소를 지어준다. 상사에게라면 절대 하지 않을 상처의 말 혹은 거짓말을 사랑하는 사람에게 무심코, 자주 내뱉기도 한다. 그럼에도 상처를 주었다는 사실조차 자각하지 못한다.

사랑은 황금알을 낳는 거위와 같아서 욕심을 부려 혹여 거위의 배를 가르듯 사랑을 다치게 한다면, 거위와 황금알을 잃듯 사랑의 전부를 잃게 될지 모른다. 황금알을 낳는 거위는 거위이다. 용서를 하는 사랑은 사랑이다. 거위와 사랑이 줄 수 있는 것들 또한 거위와 사랑이 존재하고 있기 때문에 존재하는 것이다. 거위의 배 속이 황금알로 가득 차 있지 않듯, 사랑이 베풀 수 있는 배려나 용서, 인내는 고급 레스토랑의 애피타이저나 깨끗한 냅킨처럼 당연히 준비되어 있어야 하거나 당당히 요구할 수 있는 어떤 서비스가 아닌, 사랑을 하면서 자연스럽게 생기게 되는 기꺼운 마음이다. 그리고 심지어 그런 서비스에도 금전적인 대가를 지불하지 않는가. 물론 사랑에는 물질적, 금전적 대가가 필요 없지만 마음을 주지 않고 마음을 누리려는 욕심은 머지않아 사랑이라는 시소를 무너뜨리거나 녹슬게 한다. 사랑의 놀이터에서 마음껏 누릴 수 있는 순수한 즐거움을 앗아 가고 만다.

사랑이라는 감정은 살아 있는 사람으로부터 나온다. 그러므로 또한 살아 있는 그 감정은 반짝이는 비늘의 물고기를 잡아먹고, 따뜻한 햇볕을 쬐며, 물 위를 노니는 거위나 백조처럼, 아름답고 반짝이는 언어를 먹고, 따뜻한 배려가 있는 그 사람의 마음 위를 노닐며 결국 황금알보다 더 빛나는 '지속되는 사랑'이라는 알을 낳게 되는 것이다.

'사랑을 믿는다'라는 것이 '사랑의 빽을 믿는다'라는 뜻으로 왜곡되어서는 안 된다. 당신이 사랑에 바라는 것이 사랑을 다치게 해서는 안 되는 것이다.

사랑이라는 살아 있는 그 감정은
반짝이는 비늘의 물고기를 잡아먹고, 따뜻한 햇볕을 쬐며,
물 위를 노니는 거위나 백조처럼,
반짝이는 언어를 먹고, 따뜻한 배려를 느끼며,
결국 '지속되는 사랑'이라는 알을 낳게 된다.

나약할수록 견고한 것

배고프다 말해도,
보고프다 말하기는 망설이게 된다.

배고픈 것보다 보고픈 것이
인간의 더 약한 모습이기 때문이다.

그런 모습을 들키지 않고 싶다면
당신의 사랑은 아직 익어가는 중이고,
그런 모습을 드러내고 마음껏 그 사람의 마음을 받을 수 있다면,
당신은 이미 깊은 사랑 중이다.

사람과 사람 사이에서 종종 머릿속으로 계산되는 주고받는 마음의 크기,
자존심의 크기,
그로 인해 생길 수 있는 상처에 대한 우려조차
끼어들 틈이 없는 사랑.

그러한 사랑을 주고받는다면
인간의 가장 나약한 모습을 보여주더라도
이미 가장 견고한 사랑을 하고 있는 것이다.

"우리 헤어져"라는 거짓말의 결말

스티브 잡스는 죽음의 문턱을 경험한 후 연설에서, 삶은 기다려주지 않고 마음과 직관을 따르는 용기를 지니는 것이 중요하다며, 나머지 것들은 모두 부차적이라고 말했다. 앞만 보고 달려온 그는 죽음을 통해 삶에서 진정으로 중요한 것을 깨달은 듯하다. 스티브 잡스의 연설까지 가지 않더라도 때로 자신의 죽음을 상상하는 것만으로 삶에 새로운 기운을 불어넣을 수 있다는 사실은 분명하다. 직장 건강검진 날, 삶과 죽음의 경계선에 있는 듯한 기분을 느끼며, 잠시 멈춰선 이 사잇길에서 '다시 건강한 삶으로 걸어갈 수 있다면 앞으로 남은 삶을 어떠한 의미로 살아가겠다'라고 다짐을 하게 되는 것처럼. 삶과 반대편에 있는 죽음은 삶에 긍정적인 작용을 하기도 한다.

삶의 반대편에 있는 죽음이 때로 긍정적으로 작용하는 것처럼, 사랑의 반대편에 있는 이별 또한 그러할까? 사랑하는 동안 이별은 그러나 금

기어에 가깝다. 삶의 끝에 죽음이 있다는 것처럼 자명한 사실은 아니더라도, 사랑의 끝에 이별이 오리라는 것 또한 대단한 반전은 아니다. 그럼에도 현재의 사랑 안에는 '어떠한 장애물이 와도 이 사랑이 지속될 것'이라는, 함께인 미래에 대한 암묵적인 동의가 있다.

장마가 올 때쯤 혹은 이번 초겨울 즈음 헤어지리라 생각하고 사랑하는 연인은 없다. 지금 보내는 따뜻한 시선, 간절한 열망, 끝없는 배려는 그 사랑의 미래가 이별이라고 생각한다면 지속되기 힘들다. 물론 이별의 문턱까지 가게 된 후 그가 없는 채로 76억 인구에게 둘러싸여 산다는 것이 얼마나 외롭고 슬픈 일인지에 대한 깨달음이 둘 사이를 더 돈독하게 만들 수도 있겠지만, 이별 후 다시 사랑으로 돌아가는 일은 아마도 새로운 사랑에 빠지는 것보다 어려운 일일 것이다.

사랑을 방해받음으로써 더 애틋해진 로미오와 줄리엣의 경우가 아니라면, 이별에 대한 언급이나 상상은 사랑의 지속에 별 도움이 되지 않는다. 사랑은 이 사람이 없는 우주를 상상조차 할 수 없게 하지만, 이별에 대한 언급은 반대로 그 상상을 해볼 기회를 제공하기 때문이다. 그 상상 속의 현실이 지금보다 더 아름다울 것이라는 생각, 지금보다 덜 힘들 것이라는 생각, 온전히 혼자인 시간이나 다른 이와 함께일 시간이 색다를 것이라는 유혹이 혹여 끼어들 가능성을 배제할 수는 없다. 한편으로 이별에 대한 상상 자체가 사랑에는 괴로움이 되며, 그 괴로움은 사랑하는 마음을 흔들어놓기도 한다. 그 결과 이별을 자주 언급

하는 쪽일수록, 상대에게 이별을 자주 상상하게 하는 사람일수록 오히려 뜻하지 않은 이별을 맞게 될 가능성이 높아진다.

이별을, 사랑을 지속시키거나 사랑하는 사람을 내가 원하는 쪽으로 변화시키려는 협박의 도구로 사용하는 것은 위험하다. "우리 헤어져……"라는 습관적 엄포의 말에, 어느 순간 "그래, 헤어지자"라는 고민 끝 진심의 말이 그 답으로 올 수도 있다. 위기의 순간 늘 당신을 도와줬던 바로 그 사람은 진짜 이별이라는 위기의 순간 당신을 가장 외롭게 만들 수 있는 것이다. "늑대가 나타났어요"라는 여러 번의 거짓말 끝에 진짜 늑대가 나타나도 도움을 받지 못했던 양치기처럼, "우리 헤어져"라는 여러 번의 거짓말을 저지른 끝에는 이별의 날카로운 이빨만이 발밑에서 자신을 기다리고 있을지도 모르는 일이다. 사랑하는 사람을 가장 아프게 만든 장난의 대가가 진짜 이별이 될 수 있다.

그것이 삶과 죽음, 사랑과 이별의 차이점이다. 죽음에 대한 상상은 삶을 더 의미 있게 만들지만, 이별에 대한 상상은 사랑을 그저 시들게 만들 가능성이 높다.

사랑은 이별의 말이 아닌 사랑의 말로 지속되어야 하고, 또한 지속될 수 있는 것이다.

사랑은
이별의 말이 아닌 사랑의 말로 지속되어야 하고,
또한 지속될 수 있는 것이다.

✉ 징검다리 말풍선 안에 그 사람에게 보내는
당신만의 사랑의 말을 적어보세요

여우의 호리병과 두루미의 접시 그리고
그 반대를 위해

여우에게는 호리병이,
두루미에게는 접시가 맞지 않을 뿐,
호리병과 접시가 객관적으로 틀렸다고 할 수는 없다.

사람도 마찬가지.
나에게 여우의 호리병 같은,
두루미의 접시 같은 사람이 있을 수 있다.

늘 다투거나
상처 주고
본의 아니게 마음을 할퀴게 되는 말을 하는 이 사람은 단지
내게 맞지 않는 그릇 같은,
내 영혼을 배불리 채워줄 수 없는 사람일 수도 있다.

그리고
사람의 인생에서
사랑하는 사람을 찾는 여정은 계속해서 이어지듯,
몇 번의 삐걱대는 인연을 지나

우연히 들른 벼룩시장에서,
여행지의 빈티지숍에서,
마음먹고 찾아간 그릇 가게에서,
나에게 딱 맞는 접시나 호리병을 발견할 수 있을지도 모른다.

그럴 때 비로소 사랑은
그릇에 담긴 따뜻한 저녁식사 같은
마음의 포만감을 선사해줄 것이다.

망각과 환상의 협업

한 사람의 인생에서
사랑의 지속은
망각과 환상에서 기인한다.

열일곱 살 때 여드름투성이 아이와 유쾌하지 않은
첫 키스를 했던 기억,
대학교 새내기 시절 알고 보니 나는
그가 사랑했던 수많은 사람들 중 하나였음이 밝혀졌던 기억,
작년 겨울쯤 실연의 아픔 후 아무나와 사랑에 빠져보자는 마음으로
정말 아무나(내 취향의 반대편에 있는 스타일과 성격의 소유자)와
한 계절을 보냈던 기억들이
지금 눈앞의 이 사람과 사랑에 빠지는 것을 방해하지 못한다.

색색깔 아름다운 조명의 크리스마스트리 앞에서
매번 크리스마스트리를 처음 보듯 감탄하는 것처럼,
우울했던 작년 크리스마스는 전혀 기억나지 않는 것처럼.
사랑에 빠지게 되면 그것이 몇 번째이든
늘 생애 처음으로 사랑을 하는 듯한 착각과 감정을 경험하게 된다.

사랑에 빠지는 순간은,
그렇게 망각과 환상이 협업하는 순간이다.

사랑에 관한 우울하거나 어두운 기억들은
과거의 망각 속으로 놓아 보내고,
그 모습이 분명치 않지만 빛으로 일렁이는 듯한
내일의 환상 속으로 내딛는 순간 말이다.

사랑에 빠지게 되면 그것이 몇 번째이든
늘 생애 처음으로 사랑을 하는 듯한
착각과 감정을 경험하게 된다.

생략할수록 사랑까지 생략된다

아주 가깝고 편해진 우리 사이,
세심한 배려는 생략,
서로 간의 예의는 생략,
자기 전 다정한 안부 묻기 생략,
굳이 말로 속마음을 표현하기 생략,
상대를 기쁘게 하려는 노력 생략,
생략, 생략, 생략…….

그렇게 결국 사랑도 생략되는 법이다.

감사함이 사라지고 당연함이 자리 잡을 때
선명했던 사랑도 색이 바래게 된다.

이별의 길이와 비례하는 것

사랑의 길이와 이별의 길이는 비례하지 않는다.
사랑의 깊이와 이별의 길이는 비례한다.

얼마나, 어떻게 사랑했느냐에 따라,
어떤 이별은 몇 개월이 채 지나지 않아 끝날 수도 있고
어떤 이별은 그 사람의 남은 생 전체에 걸쳐 이루어지기도 한다.

끝의 이유는 끝

사랑하니까 다음 쉽게 연상할 수 있는 말들은
순접의 의미를 가진 말들이다.

사랑하니까 예쁘다.
사랑하니까 쓰다듬는다.
사랑하니까 지금 만나러 간다.
사랑하니까 희생한다.

그러나 아이러니하게도,
사랑하니까 다음 전혀 반대의 뜻을 가진 단어가 오기도 한다.

대표적으로,
사랑하니까 헤어진다.

그 말을 구체적으로 살펴보자면,

사랑하니까 힘들게 하기 싫어 헤어진다.
사랑하니까 상처 주기 싫어 헤어진다.
사랑하니까 너의 미래를 위해 헤어진다.
사랑하니까 그냥 헤어진다.

그러나 사랑은 실은,
그토록 나약하지도, 무책임하지도, 복잡하지도, 무례하지도 않다.

모든 진리는 간단하다.
'사랑하니까 헤어진다'와 같은
한 번에 이해하기 어려운 말을 하는 것은
간단히 말하자면
사랑 아닌 진짜 이유를 숨기고 있다는 뜻이다.
다만 그 이유를 포장할 수 있는
가장 그럴듯해 보이는 핑계가 필요할 뿐이다.

그저 사랑의 낭만성을 빌려
사랑의 부족함을 서정적으로 포장하려는 의지,
마지막 순간에도 여전히 멋진 사람으로 남고 싶은
이기심의 발현일 뿐이다.

그러므로 더 이상 죄 없는 사랑에 죄를 뒤집어씌우는
무고죄는 그만둘 것.

상대방이 자발적으로,

깨어진 사랑에 대한 환상을 간직하고 싶어 하는 경우를 제외하고는
사랑의 환상에서 벗어나 쉽게 마음을 정리할 수 있도록,
자신이 나약해 보이거나 무책임해 보이거나 멋져 보이지 않거나,
심지어 못나 보이더라도
솔직하게 말해줄 것.

그것이 그 사람에 대한 최후의 배려이자,
사랑했던 사람으로서의 예의이다.

지금이 사랑에 목숨을 거는 셰익스피어의 시대는 아니다.
사랑이 끝나도 세상은 계속된다.

그러니 조금 솔직해지자.
사랑하니까 헤어진다?
사랑이 끝나서 헤어지는 것이다.

현대식 사랑가(feat. 사랑꾼 곰군)

어두운 우주,
어린 왕자의 행성은 B-612.

어두운 영화관,
나의 행성은 네 좌석번호 B-15.

나쁜 남자는 나쁜 남으로

드라마 속 나쁜 남자 때문에
현실 속 나쁜 남자에게도 간혹 끌리곤 한다.
그러나 그 안에 중대한 오류가 있다.

나쁜 남자는 드라마의 중반부쯤 결국
더없이 좋은 남자임이 드러나고
차가운 말투 뒤의 따뜻한 배려,
무관심에 숨겨져 있던 세심한 감성,
딱딱한 표정으로 감추었던 진지한 마음,
극 중 누구보다 순애보의 소유자임이
작가가 몇 달을 고심한 정교한 플롯과 대사 속에서
서서히 밝혀진다.

시청자들은 어느새 여주인공처럼
그와 사랑에 빠져버린 자신을 발견한다.

당신은 나쁜 남자에게 반한 듯 착각하지만
사실 그에게 반했던 이유는
나쁜 남자가 결국 더없이 착한 남자였다는 반전에 있었다.

그러므로 현실 속, 어떠한 진심 없이, 어설프게 매너 없는 행동으로
나쁜 남자이기를 시도하는 남자들은 그냥 '나쁜 남'으로 남겨둘 것.
연락이 없고, 잠수를 타고, 다른 여자에게 여지를 남기고,
상처 주는 말을 쉽게 한다면,
그에게 잠시라도 당신의 곁을 내어줄 필요 없다.

사랑의 중반부를 향해 가더라도, 당신이 상상하고 기대하던,
기막힌 반전은 아마도, 아니 분명 없을 테니.
반전이 주는 감동에 눈물 흘리기보다
울분과 슬픔에 화내고 눈물 흘릴 일들만 기다리고 있을 게 분명하니.

나쁜 남자는 단지 나쁜 남으로,
비련의 여주인공이 되고 싶은 다른 누군가를 위해 양보할 것.

그리고 이것은, 나쁜 여자와 사랑에 빠지려 하는 당신에게도
동일하게 적용된다.

이별에 대한 두 가지 태도

이별에 대한 태도는 실패에 대한 태도처럼 크게 두 가지로 나뉜다. 실패(이별)에 빠져 허우적대기 혹은 실패(이별)를 성장하는 계기로 삼기. 후자에 속하는 경우 그 혹은 그녀의 사진을 들여다보고 내내 눈물짓기보다 거울 속 자신을 들여다본 후 미용실로 향하기를 선택한다. 외적인 변화는 내적인 변화의 가장 영향력 있고 직접적인 계기가 되므로 과거가 된 사랑, 현재의 이별로부터 성공적으로 멀어질 수 있게 해준다. 그동안 옛 연인이 선호했던 스타일을 고수했다면, 이제는 최신호 잡지 속에서 온전히 나만의 스타일을 찾아 시도해본다. 그 순간 미용실 원장님은 자기도 모르는 사이, 이별로부터 벗어나도록 도와주는 가장 중요한 사안에 대한 조력자가 된다. (그렇게 이별은 알게 모르게 미용업계 종사자들에게 많은 수익을 가져다준다.) 상담 후 생머리 대신 층과 컬이 많아 글래머러스해 보이는 웨이브, 애시 브라운 대신 과감한 탈색머리를 시도해볼 용기를 가지기도 한다. 한층 가벼워진 머리와 자신감 있는 스타일로 미용실 문을 걸어 나오면서 우리는 과거의 이별로부터도 한 걸음 더 멀어지게 된다.

헤어스타일의 변화와 더불어 복근 만들기 PT를 시작하거나, 관심 리스트에 넣어두었던 캘리그래피 강좌나 꼭 배워야지 했던 수영을 시작할 수도 있다. 사랑을 하느라 잠깐 소홀히 했던 우정을 다시 돌볼 시간을 갖게 되는 것도 잘된 일이다. 그러나 이 모든 바쁜 변화들, 아프지 않기 위해, 안 아픈 척하기 위해, 그의 빈자리를 메우고자 가졌던 필사적 바쁨 사이로 옛사랑의 기억이 불쑥 초인종을 누르지도 않고 찾아와 겨우 닫아놓은 슬픔의 방문을 활짝 열어버리기도 한다. 친구와의 만남 후 기분 좋게 집으로 향하는 버스 안에서 불현듯 그 사람과의 행복했던 기억들이 찾아오면 이제 그런 사람을 다시는 만나지 못할 것 같다는 두려움에 사로잡히거나, 지금까지 익숙했던, 익숙해진 것들에 대한 분명하고도 당연한 그리움에 눈물 흘리기도 한다. 익숙했던 모든 일에 단 한 가지 그가 빠졌다는 차이로, 집으로 향하는 아주 낯익은 길마저 낯설고 외롭게 느껴진다. 심지어 옛 연인과의 좋지 않았던 기억들은 블러(blur) 기능을 적용한 듯, 불만과 갈등의 잡티는 사라지고 더욱 뽀샤시하고 빛나고 아련한 추억의 얼굴로 남는다.

그러나 당황할 필요 없다. 이별로 인해 아픈 것은, 헤어진 그 사람을 그리워하는 것은 세 살 아이의 분리불안처럼 너무도 자연스럽고 건강한 마음의 현상이므로. 또한 자연스럽게 사라질 아픔이므로. 다만, 이별에 오래도록 침잠하지 않고, 이별이 나를 삼키도록 두지 않고, 나 자신의 외적, 내적 성장이라는 긍정적인 에너지로 활용할 수만 있다면 어울리지 않는 단어의 조합처럼 보이지만 분명히 존재하는 '생산적 이별'을 맞이할 수 있게 된다. 다음의 사랑을 좀 더 성숙한 마음으로 받아들일 수 있는 준비를 하게 되는 것이다. 모든 이별이 '우-우-우~'라는 후렴구가 나오는 이별 유행가 가사처럼, 땅 아래로 꺼질 듯 깊은 한숨이 특징인 가수의 창법처럼 꼭 우울할 필요는 없다.

• • •

한편 이별에 대한 두 가지 태도 중 전자, '이별에 빠져 허우적대기'의 경우는 사람에 따라 정도와 기간이 모두 다르다. 누군가는 짧게 지나보내기도 하고, 누군가는 오랜 기간을 필요로 하기도 한다. 비교적 짧은 기간이 걸리는 사람조차 회사에서 낮은 파티션을 사이에 두고 선배와 함께 리뉴얼 제품 콘셉트에 대해 얘기를 하는 도중 주르륵 나오는 눈물에 당황할 때가 있다. 이별의 후유증은 짧더라도 그처럼 급습적이다. 물론 금방 눈물을 닦아내고, 다시 아무 일 없다는 듯 콘셉트에 맞는 이미지를 찾기 시작할지라도.

오랫동안 이별에 빠져 있는 경우, 그 이유는 깊이 사랑했거나 예상치 못한 이별의 충격이 컸다는 일반적인 이유일 수도 있지만, 이별의 빌미를 제공한 쪽이 이별하는 순간에도 자기중심적인 생각을 버리지 못하기 때문일 수도 있다. 자기 자신에 대한 원망과 죄책감을 벗어버리고 싶기 때문에, 사랑할 때 충분히 사랑을 주지 못했던 자신의 부족함이 이별 후 충분히 슬퍼함으로써 메워지리라 기대하기 때문에, 혹은 실컷 울어야 완전한 이별이 될 것 같아서, 이별의 이미지에 어울리는 이별을 하고 싶어서일 수도 있다. 안주도 없이 소주 몇 병 마시기, 아침이 되어도 커튼을 열지 않은 채 굴러다니는 먼지 사이에 앉아 멍하니 천장을 바라보기, 노래방에서 옛 연인이 좋아했던 노래를 부르거나 이별 노래를 메들리로 부르기. 이처럼 이별의 분위기에 흠뻑 취해 있을 때 가장 필요한 것은 아마도 미화된 이별에 대한 자각일 것이다.

내가 맞는(혹은 내가 만든) 이 이별이 아름다운 선율의 이별 노래처럼 서정적이며, 아픈 만큼 더 아름다운 이별이 되리라는 착각, 그 노래가 BGM으로 깔리는 드라마 속 주인공처럼 지금의 내 모습이 피폐하지만 나름의 분위기가 있을 것이라는 나만의 상상에 빠졌을 때 다음의 사실을 깨달아야 한다. 이별 드라마 주인공은 그 신(scene)을 찍기 전 오랜 기간 동안 샐러드와 견과류의 건강한 식단, 규칙적인 운동을 병행하며 피폐한 모습조차 피폐한 실제 현실의 모습과는 비교할 수 없이 낭만적으로 연기하고 있을 뿐이다.

미화된 이별에 대한 자각과 더불어 이 길고 어두운 이별의 터널을 지나는 일이 정말 이 이별이 감당할 수 없이 슬프기 때문일까라는 의문을 가져본다면, 이미 마음을 정리한 옛 연인을 문득문득 전화로 소환하기까지 하는 이별 의식을 좀 더 담백하게 끝낼 수도 있다. 세상이 무너질 듯한 오랜 이별의 슬픔이, 이별을 가장한 또 다른 종류의 카타르시스인가, 혹은 진짜인 슬픔인가 냉정하

게 바라보자. 만약 전자라면 내 마음의 정화만을 위한 이별 의식은 거
둬들이자. 며칠째 절친에게 전화해 후회의 레퍼토리와 눈물로 그와 나
자신을 괴롭히기보다 그동안 내 사랑이 부족했고 그 순간 내가 나빴다
는 것을 인정하고 헤어진 연인에게 진심으로 미안해하는 편이(단, 마음
속으로) 더 깔끔한 이별에 가까울지도 모른다.

그렇게 슬픔의 정체를 깨닫는다면, 주체할 수 없는 눈물, 폭주하는 감
정과 감상들을 훨씬 더 쉽게 잦아들게 할 수 있을 것이다. 첫사랑의 결
혼식 전날 전화하려는 신파적인 감상까지 실현하기 전에 말이다. 혹여
옛 연인이 "그럼 나 이 결혼 취소할게"라고 말한다면 "아, 그러길 바라
는 것은 아니야"라고 정색하고 말할 것이 분명하므로.

· · ·

물론 덜 아프건, 더 아프건, 덜 아픈 척을 하건, 더 아픈 척을 하건 이별
이 아프다는 것은 당연한 사실이다. 이별에 대한 충분한 슬픔은 또한
지나간 사랑에 대한 예의일 수도 있다. 그러나 그 슬픔은 한편으로, 내
가 상처를 준 옛 연인의 위로를 함부로 구하지 않을 때, 슬픔의 품격과
거리를 지킬 수 있을 때, 함께 사랑했던 것만큼 홀로 그 사랑을 기릴 수
있을 때, 예의라 불릴 수 있는 것이다.

이별의 아픔과 슬픔은 그것을 받아들이는 방법에 따라 성숙한
내가 되는 과정인 동시에 다음의 성숙한 사랑을 위한 초석이 될

수 있으며, 더불어 '아름다운 사랑이었다' 불릴 자격은 이별에 대한 태도를 통해 드러나기도 하는 것이다.

사랑한다는 말조차 필요 없을 때

?　　문득 네가 궁금할 때

!　　너로 인해 달라진 나를 발견할 때

( )　　"뭐 해?"라고 묻고, '보고 싶다'라고 생각할 때

…　　그 말조차 필요 없이 마음이 전해질 때

,　　내가 너의 어깨에 잠시 기대어 쉴 때

사랑은 다양한 문장부호로 이루어져 있다.
설령 그 사랑에 마침표가 찍히더라도
성숙한 사랑은 인생의 한 페이지를
기억하고 싶은 문장으로 완성시켜준다.

story 5

그리고 해피AND_

우리의 사랑은, 또한 삶은 익숙하고도 새롭게 시작된다

평행선, 평생선

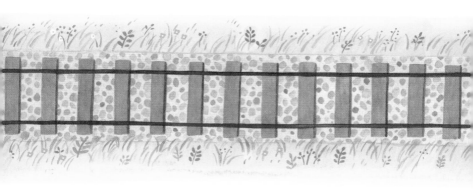

만나지 못하는 평행선.

늘 함께일 평생선.

사랑의 시작은 가장 사랑스럽고,
사랑의 지속은 가장 사랑답다.

사랑이 사람에게 가르쳐주는 것들

사랑에 빠지면 그의 눈으로 거울 앞 나를 점검하게 된다.

좀 유치한데...(그가 보기에)

사랑에 빠지면 그녀의 입맛으로 오늘의 메뉴를 평가하게 된다.

좀 자극적인데...(그녀가 먹기에)

다른 사람의 입장에서 생각해보는 것이 사랑의 시작이며
자기중심적이었던 사람도 사랑을 통해 마침내
타인을 이해하는 방법을 배우게 된다.

A.B.C.(After Becoming a Couple)의 문제들

오후와 저녁의 경계는 무엇이라고 생각하는가? 창가에서 책을 읽고 있던 사람에게는 문득 불을 켜야겠다고 느껴지는 순간, 주부에게는 남편과 아이들이 오기 전 어서 식사를 준비해야지 생각되는 순간, 도시의 회사원에게는 오늘도 야근을 해야 하는가 고민하는 순간, 농부에게는 매캐한 연기가 오르는 지붕 아래 어둑한 마당 수도에서 비누로 발을 씻는 순간.

더 이상 어떠한 이의나 재고가 필요 없는, 사전에 정의된 지식들과 개념들도 그것을 받아들이는 사람의 개인적 상황과 견해, 환경에 의해 새롭게 구성되곤 한다. 정의된 지식과 개념들, 이의를 제기할 수 없는 통용되는 사실은 '틀'이고 그 틀 안 어딘가에 존재하는, 재구성되는 인식의 차이는 '틈'이다.

예를 들어 '즐거움'은 '욕구가 충족되었을 때 가지는 긍정적인 감정'이라는 통용되는 틀을 가진다. 그러나 수만 킬로미터 떨어진 남태평양 파푸아(Papua)섬 다니족 원주민 여성이 즐겁다고 느끼는 상황과 한국의 도시 여성이 즐겁다고 인식하는 상황은 전혀 다를 것이다. 파푸아섬 다니족 여성의 즐거움은 갓 딴 싱싱한 부아메라(buah merah) 열매를 앞에 두고 족장의 지혜로운 부인이자 여섯 아들, 딸의 어머니로서 부족에서의 건재함을 확인하며 땅과 하늘의 신에게 감사하는 순간이 될 수 있을 것이다.

한국의 서울이라는 도시에 사는 여성의 즐거움은 주말의 달콤한 예고편과 같은 금요일 저녁, 바쁜 업무로 미루었던 오랜만의 소개팅에서 딱 내 스타일인 남자와 힙한 레스토랑에서 요리를 즐기며, 그가 내 인생에서 세 번째 남자친구가 될 것 같은 예감에 빠지는 순간이 될 수 있다. 그 차이가 바로 '틈'이다. 그러나 혹여 다니족 여성과 서울의 여성이 무인도에서 만나 3일을 굶고 나서 4일째 아주 통통한 물고기를 잡게 된다면, 그 순간 둘은 서로 간에 '틈'이 없는 같은 즐거움을 느낄 수 있을 것이다.

한쪽과 다른 쪽 끝 적도에 살고 있는 먼 거리의 사람일지라도 인간이라면 누구에게나 통용되는 '틀'이 있기에, 시공을 떠나 서로를 이해할 수 있고, 같은 감정을 공유할 수 있다. 반대로 지금 이 순간 바로 내 옆에 있는 가까운 사람 사이일지라도 '틈'이 있기에 오해가 생길 수 있으며, 따라서 서로를 이해하려는 노력이 필요하다.

더욱이 사랑에는, 끊임없이 둘만의 틀을 공유하고 즐기며, 둘 사이의 틈을 발견하고 매우기 위한 노력의 과정이 포함된다. 시작되는 연인의 경우 '미식(美食)의 기쁨'이라는 틀을 공유하고, 오래된 골목 동네 맛집의 소주와 돼지 껍데기를 좋아하는지, 미슐랭 3스타 레스토랑의 와인과 하몽을 좋아하는지에 대한 틈을 발견하고, 서로의 취향을 존중하며, 즐거운 마음으로 자신을 변화시키곤 한다.

한편 아무리 긴 연애 기간을 거쳤다 할지라도, 신혼부부의 경우 그동안 미처 발견할 기회가 없었던 틈을 마주하고 당황하게 된다. '청소'라는 틀 속의 '청결'이라는 틈이 대표적이다. 아내에게는 청결이 바닥에 물건이 널브러져 있지 않은 정도를 의미하지만 남편에게는 한 톨의 먼지와 머리카락도 없는 상태를 의미할 수도 있다(혹은 그 반대가 될 수도 있다). 빨랫감은 당연히 빨래통 안에 있어야 한다는 인식과 욕실 문 앞에 뒹굴어도 된다는 인식의 차이, 혼자인 시간은 같은 공간에서 각자 일을 하는 것이라는 인식과 각자 온전히 독립된 시간과 공간을 가져도 되는 것이라는 인식의 차이, '친구와의 주말 약속'은 단지 통보를 해도 된다는 것과 동의를 받아야 한다는 인식의 차이가 있을 수 있다.

그리고 그 틈을 좁혀가기까지 사소한 신경전과 잦은 다툼이 생기기도 한다. 영국 그리니치 천문대의 본초자오선*에 따라 세계시간의 기준이 정해지듯, '내'가 바로 청결과 빨랫감과 혼자 있는 시간과 친구와의 주말 약속의 '기준'이고, 그 기준에서 멀리 떨어져 있는 '당신' 때문에 어지러운 '시차'가 생긴 것이라 주장하기도 한다. 어떠한 악의 없이 그저 각자 살아온 시간 동안 어릴 적부터 차곡차곡 쌓여왔던 습관과 고정관념 때문에 생긴 단단한 인식이라는 두 지층은 결국 서서히 부딪히면서 마침내 관계를 뒤흔드는 지진으로 이어지기도 한다. 지반 아래 잠잠히, 그러나 뜨겁게 흐르던 울분의 맨홀은 짜증과 분노 섞인 말이라는 화산으로 샘솟고, 집안 분위기는 우울한 기운이라는 화산재로 휩싸인다.

• • •

그러나 설사 상대와 나 사이 여러 가지 '틈'들을 발견하게 된다 하더라도, 사랑은 관계를 실망과 노여움으로 끝나도록 내버려두지 않는다. 사랑이 끝나지 않는 이상 말이다. 희망적인 사실은, 많은 '틈'의 발견은 결국 그 사이가 그토록 가깝다는 반증이라는 것이다. 회사의 부장님과 책상의 청결에 관한 틈, 혼자 있는 시간의 틈, 친구와의 약속이라는 틈을 발견하고 서로의 기준을 주장할 일은 영영 생기지 않을 것이므로. 동시에 그 틈을 메워갈 더 많은 달콤하고 소중한 시간이 커플에게는 쉽게 주어진다. 주말 오전 빨랫감에 관해 생긴 결코 메워지지 않으리라 생각했던 틈이, 늦은 오후 뚝딱 만든 2인분의 잔치국수로 간단히 메

*본초자오선
지구의 경도를 결정하는 데 기준이 되는 자오선. 영국의 그리니치 천문대를 지나는 자오선을 기준으로 삼는다.

워질 수도 있고, 혼자 있는 시간에 대한 틈은 다툼 후 함께 보낸 오붓한 시간의 즐거움을 다시 한번 확인하고선 서로가 서운하지 않은 쪽으로 자신의 기준점을 최대한 옮김으로써 좁혀질 수도 있다.

많은 틈을 발견하더라도 이해와 노력과 시간에 의해 그 틈이 메워지고 서로에게 익숙해지는 과정을 거친다면, 한때 지진으로 흔들렸으리라 상상할 수 없는 평온한 초원처럼 한층 더 매끄러운 관계가 만들어지게 될 것이다. 나와 얼굴뿐 아니라 생각조차 다른 누군가를 만나고 그와 나 사이 '틈'을 통해 몰랐던 세상을 들여다보고, 다른 관점과 정의를 배우고, 그렇게 시선을, 나를 넓혀가는 것. 서로의 틈을 메우며, 나의 단점을 인정하고 타인의 단점을 감싸 안을 너른 사람이 되는 것. 사랑을 통해 성숙해진다는 것이 바로 그런 의미일 것이다.

물론 종종 욕실 앞에 나뒹굴고 있는 양말을 보면, 자기도 모르게 "또!"라는 뜨거운 분노 섞인 단말마의 화산을 분출하게 될지도 모르는 일이지만 말이다.

서로에게 맞는 다름

와인병의 둘레는 좁고
와인잔의 둘레는 넓다.

그래야
와인병에서 와인잔으로 쉽게 와인을 따를 수 있다.

다르지만 서로에게 맞는 다름이며
둘레는 달라도 결국 둘은
비슷한 곡선을 갖고 있다.

사람 사이에도 그런 관계가 있다.

서로 다른 모습이지만
서로에게 잘 맞는.

마음을 주고받으며
결국에는 비슷하게 닮아가는,
두 사람.

오래된 남녀의 사랑도
어쩌면 와인잔과 와인병을 닮았다.

숙성될수록 더 좋은 향이 나는 와인을 품고 있는,
그렇게 서로를 품을 수 있는.

우연히, 운명이

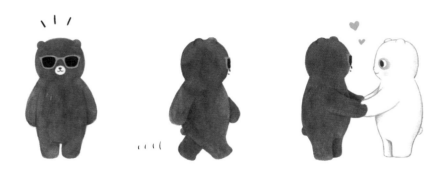

세상에 와 널 만나게 된 것이 아닌
널 만나러 세상에 온 것이라 믿고 싶어지는 것.

남겨두지 않은 롤케이크

남녀가 사랑에 빠지는 이유가 무궁무진하듯, 다툼의 소재 또한 무궁무진하다. 사랑하는 사람 앞에서 천진난만한 어린아이가 될 수 있다는 뜻은 또한 어린아이 같은 유치함으로 무장한 채 토라질 수도 있다는 위험성을 내포한다. 회사에서는 팀의 무게중심이 되는 정과장이나 나이에 비해 과묵하고 성숙하다는 평을 듣는 이주임, 카리스마 넘치는 오선배가 의외로 연인이 자기 몫의 롤케이크 한 조각을 남겨두지 않았다거나 평소에 싫어한다고 말했던 체크무늬 셔츠를 입었다는 사소한 이유만으로 유치하게 토라질 수도 있다.

사소한 다툼이나 토라짐은 어린아이를 달래듯 애교 섞인 어르기와 장난 섞인 개인기로 해결될 수도 있다. 그러나 간혹 그 다툼이 위험해지는 순간은, 그것이 트리거(trigger)가 되어, 기억의 서랍에 성공적으로 묻어두었다 싶었던 과거의 속상한 사건이 끄집어내져 다시금 감정의 바닥에 어지럽게 흐트러지는 순간이다. 롤케이크를 남겨두지 않은 사소한 일이 하나, 일찍 일이 끝난다고 해 3시간을 기다리게 만든 후 연락두절되었던 둘, 클라이언트와의 회식이라 했는데 알고 보니 친구와의 술 약속이었던 셋, 출장 다녀와서 한동안 아무 연락도 없었던 삼 단 콤보의 서운한 기억으로 이어져 '이기적이고 무심한 인간'이라는 관계의 위기를 불러일으키는 뜻밖의 결론으로 이어질 수도 있다. 그러나 롤케이크가 이별로 결론지어지는 경우는 비단 롤케이크의 문제가 아닌, 미해결되었던 지속된 문제가 '남겨두지 않은 롤케이크'라는 사건의 스위치를 통해 밝혀진 것일 뿐이다. 그것은 인절미나 고로케, 다코야키든 다른 어떠한 스위치를 통해서도 결국 밝혀질 일들이다.

다행히도 다툼에는 순기능도 있다. 둘의 관계에 미해결된 심각한 문제가 있지 않은 이상 크고 작은 다툼들은 서로에 대한 이해의 페이지를 늘려갈 기회가 되기도 한다. 겹겹이 쌓인 페이스트리가 더 맛있듯 다툼은 오히려 더 맛있는 관계의 겹을 만들기도 하는 것이다. '마지막 케이크 조각이나 치킨, 샤오롱바오를 남겨두라' '운전할 때는 좀처럼 대화에 귀 기울이지 못한다' '체크무늬를 싫어하고, 연인이 체크무늬의 옷을 입는 것을 더 싫어한다' '정성껏 찾은 네 잎 클로버는 좋아하지만 커다란 캐릭터 인형 선물은 그다지 좋아하지 않는다'와 같이 다툼이 알려준, 부모님도 모르는, 오직 연인만이 알게 되는 그 사람에 관한 관심 매뉴얼을 완성해가고 소장할 수 있는 것이다.

더불어 다툼의 소재였던 어떤 사건은 배려의 깊이를 더해주기도 한다.

운전할 때는 수다를 떠는 대신 운전에 집중할 수 있도록 둘 다 좋아하는 듀크 조던(Duke Jordan)의 '플라이트 투 덴마크(Flight to Denmark)' 앨범을 들으며 잔잔하고 행복한 기분을 즐길 수 있게 되고, 싫어하는 체크무늬가 아닌, 그가 좋아하는 스트라이프 후드 티를 준비해 둘만의 커플 무드를 낼 수 있게 된다. 인생에서 가장 힘들고 우울한 시기를 겪고 있을 때, 연인이 양보한 마지막 라즈베리 푸딩 조각(롤케이크로 다투기 전이었다면 냉큼 먹어치웠을)에 이어서 내민 네 잎 클로버 펜던트 목걸이로 감동과 낭만을 만끽할 수도 있게 된다.

유치한 토라짐과 다툼에도 불구하고 가장 중요한 사실은 설령 연인이 유치한 이유로 토라졌다 해도 힘들 때 따뜻하게 안아주었던 너른 가슴이나, 아플 때 직접 만든 죽을 들고 간호해주었던 정성 어린 마음이나, 연인의 쌀국수에 고수를 빼달라고 잊지 않고 얘기하는 세심함은 사라지지 않는다는 것이다. 또 다음에 그런 순간이 와도 똑같이 해줄 사람이 바로 지금 토라진 이 사람이라는 것이다.

호수에 일어난 파문은, 파문이지만 그것에 부딪히는 햇빛으로 더 반짝이는 풍경이 되기도 한다. 연인 사이의 다툼이란 어쩌면 호수의 파문 같은, 흔들리지만 결국 반짝이는 빛을 만드는 바로 그런 것인지도 모른다.

연인 사이의 다툼이란 어쩌면 호수의 파문 같은, 흔들리지만
결국 반짝이는 빛을 만드는 바로 그런 것인지도 모른다.

LIVED HAPPILY EVER AFTER

일상적 다툼, 크고 작은 오해,
긴 사랑 사이의 잠시 미움 또한
행복의 범주 안에 들어 있다.

'함께'의 장점 2

혼자 하면 청승

둘이 하면 낭만

혼자 하면 자아도취

둘이 하면 추억 기록

혼자 하면 나와의 싸움

둘이 하면 오후의 평화

혼자 하면 드라마 폐인

둘이 하면 드라마 찍기

불확실성의 행복

지금 날리는 이 민들레 씨앗이
어느 언덕, 어느 돌 틈, 어느 시냇가에서
꽃을 피울지 우리는 모른다.

지금 설레고 즐겁기 위해
반드시 분명한 내일이 있어야 하는 것은 아니다.

지금 순간, 충분히 설레자.
막연히 기대하자.
그렇게 행복하자.

완벽한 날들만 웃을 수 있다면,
삶에서 웃을 수 있는 날은 얼마 되지 않을 것이다.

KISS & HUG & LOVE

말없이 가장 강렬한 말을 하는 것은 키스,
말이 할 수 없는 가장 커다란 위로를 하는 것은 포옹.

산책처방

산책은 당신이
인생의 어느 지점을 걷고 있다고 알려주지 않는다.

힘든 프로젝트의 첫 고비를 맞는 중이거나,
권리보다 책임이 많아지는 30대 중반을 넘어서는 중이거나,
쉽게 해결되지 않는 걱정거리를 안고 있는 중이거나,
이별 후유증을 힘겹게 이겨내는 중이라고 말해주지 않는다.

다만 당신은 지금
구름 한 점 없는 하늘 아래
춥지도 덥지도 않은 상쾌한 바람을 맞으며
막 새싹이 나기 시작한 잔디밭을 걷는 중이라는 것을 알려준다.
땀도 약간 흘리고 있음을…….

인생의 길을 걷는 것이 힘들다 싶을 때는
종종 진짜 길을 걸어보는 것이 필요하다.

마음속 소음들은 점점 잠잠해지고,
새소리와 바람소리와 물 흐르는 소리만 들릴 것이다.

동시에
잊고 있던 고요 속에서
잊기 쉬운 가장 중요하고도 기쁜 사실,
'지금 살아 있다'를
깨닫게 될 것이다.

느낄 수 있는 햇살과 바람과 바람에 흔들리는 풀과 나무와
발에 닿는 흙만으로도 충분히
행복하다는 사실을 말이다.

산책길을 걸으면 그렇게
다시 인생을 걸어갈 힘을 얻게 된다.

V.P.P.(Very Precious Person)

다음의 두 문장이 있다.

A. 넌 나에게 중요한 사람이야.
B. 넌 나에게 소중한 사람이야.

이 두 문장은 미묘하게, 들여다보면 매우 다르다.
문장 A에는 '가치의 효용성'이 담겨 있고, B에는 '존재의 가치'가 담겨 있다.
A에는 이성적이고 냉철하며 분석적인 관점이 담겨 있고, B에는 감성적이고 너그러우며 거시적인 관점이 담겨 있다.
A에는 타인의 시선이 큰 비중을 차지하고, B에는 타인이 발견하지 못한 시선이 큰 비중을 차지한다.
A의 '사람'은 다른 목적을 위한 수단이고, B의 '사람'은 그 자체가 목적

이다.

예를 들어 다음의 문장으로 치환될 수 있다.

A. 너의 아름다운 몸매는 너를 사랑하는 '중요한' 이유이다.

B. 너의 귀여운 뱃살은 너를 사랑하는 나에게 '소중하다'.

아름다움에는 객관적 기준과 주관적 기준이 있다. 신인 배우나 아이돌의 이목구비, 얼굴과 신체의 비율을 판단하듯 대부분의 사람들이 가지는 아름다움에 대한 공통적 견해가 있는가 하면, 조금 작은 눈과 통통한 팔뚝 살, 순정만화보다 웹툰에 가까운 비율을 가진 몸에서 특이하게 아름다움을 느낄 수도 있다. 후자의 아름다움은 특유의 취향일 수도 있지만, 그 사람이 가진 다른 매력, 친밀감, 내적 아름다움, 애정에서 기인할 수도 있다. 이것들을 종합한 한 단어인 '사랑'은 사랑하는 사람이 가진 뱃살까지 아름답게 바라볼 수 있도록 만든다.

그 결과 A급 메이크업 아티스트와 스타일리스트, 사진작가가 협업하여 스타일링한 한류 스타 여배우의 잡지 화보를 보고, "저 여자가 예뻐? 내가 예뻐?"라는 질문을 서슴없이 할 수 있게 되고, 1초도 망설이지 않고 대답할 수 있게 되며, 남들은 결코 수긍하지 않을 그 대답이 둘에게만은 거짓 아닌 진실로 받아들여질 수 있게 된다. 누군가를 사랑하게 되면, 사랑이라는 거시적인 맥락으로 그 사람을 바라보게 된다. 약간의 티나 일부 외적, 내적 단점들을 발견하더라도 사랑은 어수선한 도시를 덮는 새벽녘 자연의 안개담요처럼 그것들을 부드럽고 너그럽게 감싸 안도록 해준다.

그러나 성숙하지 못한 사랑이나 단지 사랑을 흉내 낸 어설픈 감정은 '어머니 자연(mother nature)'과도 같은 너그러움을 지니지 못한다. 어떠한 중요한 이유로 그 사람을 사랑하게 되면, 그 이유는 다시, 사랑하지 않게 되는 중요한 이유로 작용하기도 한다. 다른 말로 뱃살을 찬미하는 것은 상상도 할 수 없는 일이 되는 것이다.

문장 A에 담긴 시선처럼 연인의 '객관적인 아름다움'을 유독 중요하게 생각한다면, 그 사람의 존재 자체를 사랑하기보다 그로 인해 얻을 수 있는 다른 효용성을 사랑하는 것에 더 가까울 수도 있다. 예를 들어 연인의 아름다움을 타인에게 과시하기 위한 용도로 여기는 것이다. 그 경우 '객관적 아름다움'이라는 효용성이 사라졌을 때, 타인처럼 '객관적으로 비판적인', 비슷한 말로 '냉정하고도 비판적인' 시선으로 연인을 평가하며, 다시 그 평가 기준에 맞는, 다른 누군가를 찾아 떠날 수도 있게 된다. 외적 아름다움을 예로 들었을 뿐, '효용성'의 잣대는 한 사람의 성격, 직업, 습관, 그의 어린 시절, 배경 등에 모두 적용된다. 집안이 부유하다는 사실을 숨긴 채 진정한 사랑을 찾는다는 흔한 스토리 속 주인공은 그가 가진 효용성, 즉 경제적 가치 때문에 사랑받기를 원하지 않는다.

사랑하는 사람이 나에게 가졌으면 하는, 당연히 가지리라 기대하는 시선은 문장 A의 시선이 아닌 문장 B의 시선이다. 우리는 어떠한 매력적인 이유로 중요한 사람이 되는 것이 아닌 어떠한 매력적이지 않은 이유에도 불구하고 누군가의 소중한 사람이 되고 싶다. 매력적인 이유로 중요한 사람이 된다면 그 이유가 사라졌을 때 더 이상 중요하지 않은 사람으로 취급받는 순간이 오게 될 것이므로.

숨기고 싶은 뱃살조차 한 사람에게 소중한 의미가 될 수 있다는 사실은 이 커다랗고 외로운 우주에서 아주 큰 위안이 된다. 더불어 크고 작은 실수나 단점에 대해 너그러운 용서를 받을 수 있으리라는 기대, 나의 작은 행동 하나하나에 대해 이성적이고 분석적인 시선이 아닌 사랑이라는 감정의 거시적인 맥락으로 바라보리라는 기대 또한 나를 어떻게 판단할지 모를 낯선 눈들이 가득한 세상 속에서 따뜻한 안정감을 경험할 수 있게 해준다.

그러나 종종 여전히 '중요함'과 '소중함'을 혼동하여 사랑에 빠졌다 착각하기도 하고, 상대의 사랑이 결국 나 자신이 아닌, 내가 갖고 있는 어떤 '중요한 점' 때문이었음을 알아차리고 상처받기도 한다. 혹은 나의 사랑이 그러했음을 깨닫고 자신에게 실망하기도 한다. 그것이 사랑이 결코 쉽지 않은 이유이고 사랑이 결국 깨지기도 하는 이유 중 한 가지가 된다. 애초에 문장 A의 시선으로 시작된 가벼운 호감이 문장 B의 시선을 가진 진정한 사랑으로 이어지는 것이 결코 불가능한 일은 아닐지라도.

분명한 것은, 세상의 아무리 많은 사람들에게 '매우 중요한 사람(Very Important Person)'이 되더라도, 결국 몇 명의 사람에게 '매우 소중한 사람(Very Precious Person)'이 되었던 경험만이 심장이 멈추는 삶의 마지막 순간, 다시 한번 따뜻하게 심장을 데울 수 있으리라는 것이다.

연일 계속된 야근 후 회사 앞에 몰래 마중 나온 연인을 발견하고 예상치 못했던 만큼의 벅차오르는 행복을 느끼는 것, "넌 나에게 소중한 사람이야"라는 말을 듣고, 망설임 없이 같은 말을 해주는 것, 동시에 '숨길 수 없는 존재의 소중함'을 경험하는 것이 진정으로 서로를 사랑하는 사람들에게 사랑이 베풀 수 있는 가장 크고 아름다운 선물인 것이다.

V. I. P.
Precious
Very ~~Important~~ Person

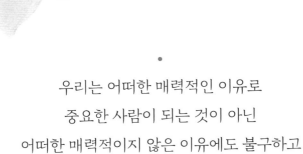

우리는 어떠한 매력적인 이유로
중요한 사람이 되는 것이 아닌
어떠한 매력적이지 않은 이유에도 불구하고
누군가의 소중한 사람이 되고 싶다.

미워하는 것들로부터의 자유

미워하는 것과 사랑하는 것은 서로 반대의 지점에 있지만
단 하나 공통점은
미워하는 것도 사랑하는 것과 똑같이
당신의 시간, 당신의 에너지, 당신의 관심을 먹고 자란다는 것이다.

다만 사랑하는 것은 당신을 함께 자라게 하지만
미워하는 것은 소나무에 붙은 새삼*처럼
당신을 갉아먹고 시들게 만든다.

용서하지 못한다면 붙잡지 말고,
미워하지 말고,
잊은 척하다 정말로 잊어 보내라.

그것이 당신을 꼭 붙잡고 있는 것처럼 보이지만 실은
붙잡고 있는 것도, 놓는 것도 당신이 할 일, 할 수 있는 일이다.

당신이 놓는 순간
미움은 떠난다.
그것의 손은 의외로 헐겁다.

그렇게 놓는 순간
당신은 자유로워진다.
그만큼 더 사랑할 수 있게 된다.

미워하는 것들로부터의 자유도 결국
자신이 선택하는 것이다.
사랑하는 것처럼 자유롭게 말이다.

*새삼
메꽃과의 한해살이 기생 식물

별 1. 잇다

몇 광년이나 떨어진 별들을 이어 별자리를 만든 것은 어쩌면
외로움을 달래고 싶은 인간의 본능에서 시작되었는지도 모른다.

홀로 떠 있어 외롭고 의미 없던 별은 서로 이어짐으로써
물병이 되고, 천칭이 되고, 궁수가 되고, 쌍둥이가 되고,
그렇게 누군가와 나눌 수 있는 이야기가 되었다.

별처럼 그렇게,
너와 나도 그 먼 거리를 뛰어넘어 이어짐으로써
서로에게 풍성한 삶의 이야기가 되어가는 중인가 보다.

곰군, 저 별똥별
좀 봐!

와
신기하다...

별 2. 갖다

허공의 별을 손가락으로 가리킴으로써 별은 그 별이 되었다.
나의 마음이 너를 가리킴으로써 너는 그 사람이 되었다.

누구나 한 번쯤
그 별과 그 사람을 동시에 가지는 순간이 온다.

그리고 백곰양
네 일도 귀엽다

고마워 ^ㅅ^

인생의 차가운 겨울이 와도

철새처럼 날아와 텃새처럼 머무르는 것이 사랑이다.

'그 사람'이라는 따뜻한 둥지를 찾아 수백 킬로미터를 날아와,
그곳에 머물러 봄여름가을을 나고,
인생의 차가운 겨울이 와도 결코 떠나지 않는 것.

그것이 사랑이다.

사랑 도형론(論)

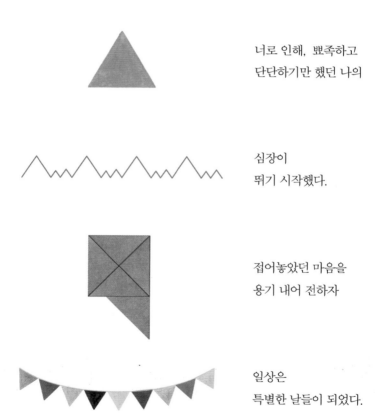

너로 인해, 뾰족하고
단단하기만 했던 나의

심장이
뛰기 시작했다.

접어놓았던 마음을
용기 내어 전하자

일상은
특별한 날들이 되었다.

무심코 바라본 밤하늘에,
별이 반짝인다는 것을 알게 되었다.

함께 간 레스토랑의
코스 요리도

함께 먹은 길거리 아이스크림도
똑같이 맛있었다.

나는 너의 바다를 헤엄치는
흥미로운 항해사가 되었고,

새가 되어
하늘을 나는 기분도 느꼈으며,

너에게 내 마음의 왕관을 씌워주는
영광도 누렸다.

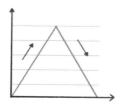

사랑은 상승곡선을 그릴 때도
하강곡선을 그릴 때도 있었지만

동시에 마음의 균형을
잃지 않는 법을 배웠다.

그러면서 나는
다른 누군가를 위해 열림 버튼을
눌러줄 마음의 여유도 생겼고

오르고 싶었던 곳을
너와 함께 오를 용기도 얻었다.

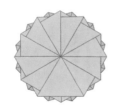

그렇게 뾰족하기만 했던 내 안에서
들판처럼 넓고 산들바람처럼
부드러운 면들을 발견하게 되었다.

사랑은 나를 변화시켰고, 나는 안다.
우리의 사랑이 계속해서
플레이될 수 있도록 나는,

너를 위한 연주를
멈추지 않을 것이라는 걸.

낭만의 완성

주름지고 꼭 잡은 두 손이 더 아름답게 보이는 이유는
주름 사이 존재하는 수많은 인생의 굴곡들을
꼭 잡은 두 손으로 함께 버텨왔음을,
그렇게 사랑에 세월만큼 두터운 믿음이 더해졌음을,
그리고 핑크빛은 아니지만
은발처럼 빛나는 낭만의 완성을
보여주고 있기 때문인지 모른다.

나이 듦이 슬프지 않은 말이 있다면,
"우리도 저렇게 늙자"일 것이다.

우리도 저렇게 늙자

너와 나의 1cm

초판 1쇄 발행 2019년 3월 27일 **초판 3쇄 발행** 2019년 4월 30일

글 김은주 **그림** 양현정
펴낸이 연준혁

출판 2본부 이사 이진영
출판 6분사 분사장 정낙정
책임편집 박지수
디자인 김준영

펴낸곳 (주)위즈덤하우스 미디어그룹 **출판등록** 2000년 5월 23일 제 13-1071호
주소 (410-380) 경기도 고양시 일산동구 정발산로 43-20 센트럴프라자 6층
전화 (031)936-4000 **팩스** (031)903-3895 **홈페이지** www.wisdomhouse.co.kr

ⓒ 김은주, 양현정 2019
값 14,500원
ISBN 979-11-89938-63-5 [03810]

이 도서의 국립중앙도서관 출판예정도서목록(CIP)은 서지정보유통지원시스템
홈페이지(http://seoji.nl.go.kr)와국가자료종합목록시스템(http://www.nl.go.kr/
kolisnet)에서 이용하실 수 있습니다. (CIP제어번호 : CIP2019009771)